談一場看不見的戀愛。
志馬なにがし
illustration raemz
© raemz
Kadokawa Fantastic Novels

Contents

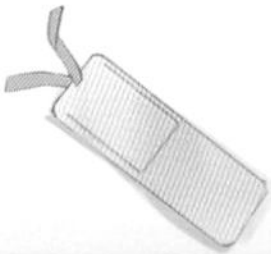

空野驅
冬月小春

鳴海潮
早瀨優子

與奔馳於透明之夜的你，談一場看不見的戀愛。

志馬なにがし
illustration raemz

Kadokawa Fantastic Novels

Ik wil nog voortleven, ook na mijn dood!

我希望死後還能繼續活著！

——一九四四年四月五日　安妮・法蘭克

1. 相遇

◎

醫生雙手背著站在床邊。

窗邊裝飾著花。粗壯的莖幹直直地伸展而出，末端綻放著數朵白花。

我心中想著，那些花簡直就像綻放於夜空中的煙火。每當白色的窗簾輕輕搖曳時，就飄來一陣甜美的香氣。

醫生再次開口。

我原本以為自己早已做好心理準備。

可是我只能發出帶著哽咽的聲音。

「已經夠了。我還是放棄吧。」

*

那是我昏昏欲睡的時候。鳴海那洪亮的聲音突然響起，把我驚醒。

他大概又表演了一發關西式搞笑吧。當我睜開眼時，只見大家都在拍手大笑。

旁邊站著一位滿臉得意揚揚的高個子男生，他就是鳴海。

即使錯過鳴海的搞笑表演，我也絲毫沒有感到任何遺憾。

我反倒因為被他吵醒而有點起床氣，用手肘輕輕撞了一下正要坐下的鳴海。

「哦，空野，你醒啦。」

鳴海一臉開心地拍了拍我的背。

「我作了個奇怪的夢。」

「什麼夢？」

「有點悶悶不樂的感覺。」

「什麼意思啊？」

這裡是幾個社團合辦的迎新會。

被鳴海強拉過來的我坐在可以看到整個場地的最後面位置。

由於對這場宴會毫無興趣，再加上純粹睡眠不足，讓我的情緒低落到谷底。

「打起精神來啊。既然來了，不好好享受就虧大了。」

「說什麼來不來，還不是你拖我過來的。」

鳴海是我在大學學生宿舍的室友。昨晚他突然提議：「要不要來換一下房間的擺設？」

於是我被迫一直搬家具到清晨。

結果就是我今天一整天都很想睡覺。就在上完課、以為終於可以好好睡一覺的時候，又被鳴海強行帶去參加迎新會。

旁邊的鳴海臉上洋溢著活力，正環視著整個房間。

他到底有多少精力啊……

我一邊這麼想著將嘴湊向裝了烏龍茶的玻璃杯，看了一眼會場。

這時，眼前出現一幕超乎現實的景象。

說起來這場名為「大．大．新人招募聯歡會」的宴會原本在平和的氣氛中開始。各個社團的代表進行致詞，就像舉起香檳杯致意似的莊重地向大家乾杯。

為什麼現在會變成這樣呢？

新生和在校生共四十人聚集的大房間裡，如今是一片混亂。

沒有人留在自己的座位上。每個人都像殭屍一樣，單手拿著玻璃杯到處徘徊。

桌上的內臟火鍋已經放入最後要吃的麵條，但是誰也沒有動筷子。麵條就只是伴隨著咕嘟咕嘟的聲響放在鍋裡煮，體積差不多膨脹到了兩倍大。

有些看起來很輕浮的男生想盡辦法大聲嚷嚷，和女生愉快地聊著天。房間的角落還窩著一群縮起身子，看起來很宅的人。還有濃妝豔抹的女生不知道聽到什麼超級好笑的笑話，像壞掉的玩具般拍手大笑。

以拉門隔起來的居酒屋房間在人們的激情下變得十分悶熱。除了激情的氣氛之外，還可以感覺到二氧化碳的濃度高到令人感到喘不過氣。眾人的音量就是大到如此程度。

我鬆開T恤的領口，用手搧著風。現場熱到不行，空氣也很糟糕。不適指數直線飆升，讓我只想快點出去。

正當我這麼想著時，拉門另一邊的隔壁房間傳來聽得出來是有些年紀的低沉嗓音所唱的生日快樂歌。我們這邊的桌次也彷彿要呼應對方，跟著拍手高聲唱起來。

大家紛紛祝福起隔壁房間裡的不知名人士。

不知道是隔壁的人事先拜託我們，還是類似快閃表演那種活動，有的人拖了一拍，用「祝你～生～日……快～樂～」這種方式拖著顫音，企圖引起注目；也有人不甘示弱，以幾乎要喊破喉嚨的方式唱著：「祝你生生生日快樂！」如果這個真的是快閃表演，不但個性強過頭，水準也太差勁了。換言之，這大概是順勢而生吧。

眼下的景象宛如籠子裡的動物突然一起吠叫的動物園。

隔壁傳來一句：「謝謝大家！」是年輕女性的聲音。有些男生聽到聲音後就坐不住，開始起鬨著說：「我們去看一眼吧。」女生們則冷冷地瞪著那些男生。

唔哇……

「你幹嘛一臉噁心的樣子啊。」

看來我似乎露出嫌惡的表情，只見鳴海尷尬地咧嘴笑了笑。

「看到這種場面，誰會不覺得噁心啊？」

「有什麼關係，很有趣嘛。」

「我一點也不覺得有趣。」

「咦咦～」

我對想開玩笑糊弄過去的鳴海有點生氣，輕輕指了指和我們隔了兩張桌子的座位。

「那麼你看到那樣的場景也不會覺得噁心嗎？」

在桌子那邊，有群男生正圍著女生。

男生們的話題從一開始的「來我們社團吧」，漸漸轉換成對女生交往狀況的打探，最後在問出女方「單身且獨居」這種令人垂涎三尺的情報之後，變成了毫不掩飾下流念頭的自我推銷大會。如果有女生說自己不喜歡煙味，他們就會立刻熄掉香菸；如果有女生說自己喜歡手臂上的血管，他們便會爭先恐後地捲起長袖。

「竟然會覺得那樣很噁心，空野還真是個純情少年耶。」

「你在嘲笑我嗎？」

鳴海擺了擺手，表示不是那樣。

「唉，不過空野就是這種人吧。」

鳴海露出心領神會般的笑容。

「什麼意思，我是哪種人？」

「你看，其他人都在那邊拚命地建立新的社交圈，但是你感覺就像死靠著牆壁，好像說什麼也不肯動一步的樣子吧？」

「你所謂的拚命啊——」

正當我這麼說到一半時，後面的桌子突然傳來一陣掌聲。

「大家聽著——！」

我隱約記得那好像是某個社團的代表，不過具體是哪個社團已經不記得了。印象中跟音樂有關，也可能運動有關。好像不是網球社，但是也可能就是網球社。總之，一位看起來很輕浮的棕髮男生站了起來。

「我在這裡有個重大宣布！」

那個聲音聽起來自信滿滿，彷彿從未吃過苦。說實話，那種自信無比的態度有點煩人。或許正因為那樣反而有趣，周圍紛紛傳出輕笑聲。

就在我以為大家的視線將會因為那故作神祕的停頓而集中在那個人身上時……有些人卻開始吃起已經煮到軟爛的麵條，到處都傳出吸麵條的聲音。場面確實很糗，然而不知道這個男生是因為喝太多酒而聽力變差，還是他的心理素質堅強得有如鈦合金，男生並沒有中斷他的發言。

「新生早瀨優子同學！」

那也是正在吃麵的其中一人。只見把麵條塞進嘴裡的她露出「咦，我怎麼了？」的表情。接著她在周圍同學的催促之下，用一隻手遮住正在嚼著麵條的嘴站了起來。可能是因為害羞，她的另一隻手撥弄著頭髮。

哦、哦，該不會——眾人好奇的眼神全都聚集過去。

男生撥起頭髮，對她送出熾熱的眼神。被如此注視的女生卻沒有望回去，只是害羞地眼神亂飄。兩人戲劇性地注視彼此……看來不管等多久都不會發生這種畫面。

男子深吸了一口氣說：

「我從來沒有一見鍾情過，可是現在實在忍不住。跟我交往吧。」

那是什麼傲慢的態度啊。如果看到那副模樣的人沒有醉，一定會皺起眉頭吧。

周圍的醉鬼們卻報以熱烈的掌聲。

Yes, I can! Yes, I can!

他們開始帶起這樣的呼聲。不知為何，他們似乎期待女生以英文回答。

別管那麼多了，趕快交往吧！

圍觀群眾不負責任地起鬨。

和我交往吧！

也有人趁亂告白。

而女生彷彿沒聽到那些話，深深地一鞠躬。

「對不起！」

她的拒絕很明確。儘管這樣的話已經表達得夠清楚，她還是補上一句：「你完全不是我的菜！」如此無情的程度簡直就像拿棍子痛毆已經渾身是傷的告白者。

遭到拒絕的男生一臉不可置信地問：「真的假的？」

女子怯生生地開口說：

「是真的。」

會場重新沸騰起來，眾人再次拍手喝采。

大家鼓掌大笑。就連身旁的鳴海也在笑。

「話說空野，你的反應未免太差了～」

鳴海這麼說著，用力拍了拍我的背。

「我從以前開始就不喜歡那種愛出風頭的人。」

「為什麼啊，不是很有趣嗎？」

「或許是我討厭那種拚命的感覺吧。該怎麼說呢，就是那種不顧一切豁出去的樣子。」

「說不定他想要在大學有個新的開始啊？大學不就是這樣的地方嗎？」

「就算是那樣，我也不喜歡那種故意引起騷動的行為。我不想製造任何波瀾。」

我打從心底這麼想。

要過著能在別人心中留下印象，留下記憶的生活方式需要付出相當的能量。我覺得平淡無奇地生活會比較輕鬆。

我會恰如其分地回應別人的話，避免引來他人側目，也會看氣氛做出合適的舉止。

可是，我不喜歡主動與人來往。

「要不是鳴海邀請，我今天也不會來。」

我不小心脫口而出心裡話，隨即驚覺回過神來。

平時的我可不會這麼說。

或許是因為真的太不爽，讓我說溜了嘴……

不過看來我的後悔是多餘的，因為身旁那個看起來很樂天派的高個子男生望向拒絕了剛剛那場盛大告白的女生所坐的那桌說：「那我們過去看看吧～」

有沒有搞錯啊——我感到頭痛不已。

很多桌的女生四周都圍滿了男生，各自形成小聚落。然而奇怪的是，在如同殭屍追求著異性的人群中，沒有男生對她們表現出興趣。遠遠望去，那些女生的外貌看起來並不差，甚至可以說在現場的人之中特別出眾。況且那位叫早瀨的女生剛才還被人告白，坐在她旁邊的女生更是美得像哪家公司的時尚模特兒。

如此的美女就在旁邊，那些殭屍們卻絲毫沒有放在心上。

這是怎麼回事……彷彿唯獨那張桌子位於另一個世界。

的確，她們的外表水準這麼高，會很難以接近也是可以理解的。不知道是因為向她們攀談時被無視，或者單純就是那些女生的性格有問題，總之本能告訴我……不該接近她們。

我身旁的鳴海卻不這麼想。「好啦，我們過去看看吧。」他這麼說著，隨隨便便就抓著我的手站起身。即使我抗拒地喊著等一下也沒用。

「可以坐這邊嗎？」

鳴海坐到女生的對面，我則被他安排坐在自己的旁邊。

名叫早瀨的那位女生露出滿是戒心的表情。

而另一位模特兒（暫定）則是一副歡迎的樣子向我們問好。

「我是鳴海潮。這位是——」

「我叫做空野驅。」

當我點頭致意時，早瀨嘆了口氣，一副莫可奈何的表情。

「我叫做早瀨優子。而這位是……」

「我叫做冬月小春。」

當眼前這位自稱冬月的女生露出溫柔的笑容時，不知為何我的內心發出「哇」的一聲，感到有點不自在。

之所以感到不自在，是她的長相太過端正了。

冬月不說話時看起來很美，不過當她瞇起眼睛微笑時，給人一種可愛的感覺。

她的臉蛋小巧，眼睛明亮清澈，那頭長髮在燈光下閃閃發亮。再加上她那甜美而緩慢的語氣，原本看似模特兒的形象搖身一變，彷彿成了一位偶像明星。

該說這個女生簡直就像來自另一個次元的生物，還是該說她所居住的世界與我們截然不同呢？

這是我第一次看到某個人長得太美而感到不自在。
然而這樣的冬月身上有個不可思議的地方。
那就是她一直筆直地盯著前方看。
當我好奇地沿著冬月的視線望去，卻只看到一面牆壁。
難道那面牆上有什麼東西嗎？可是不管我怎麼看，都看不出有什麼特別之處。我不禁陷入一種奇異的錯覺，心想既然這麼美的女生一直注視著那面牆，也許牆上真的有些什麼。我甚至一度懷疑那可能是什麼世界知名建築，但是這裡是連鎖居酒屋，不可能有那種事，於是我否定了自己的想法。
將視線從那面高尚的牆壁移回冬月時，就看到她伸出右手在桌上摸索。她的正前方有一杯柳橙汁，然而冬月似乎無法直接握住那個玻璃杯。那種宛如在濃霧中探路的動作讓人不禁懷疑她到底在做什麼。
早瀨輕拍冬月的肩膀，附在她耳邊輕聲說：
「小春，在十二點鐘的方向喔。」
「優子，謝謝妳。」
冬月直直伸出手臂，輕觸到玻璃杯，接著握住杯子。
正當我感到困惑不解時，鳴海若無其事地詢問冬月：
「怎麼了，冬月同學，妳的視力不好嗎？」

他竟然對陌生人問出那麼敏感的話題……我不禁愣在原地，然而冬月似乎並不在意。她輕輕放下玻璃杯，然後笑著回答：

「是的，我的眼睛看不見。」

我走出居酒屋，冷風撫過臉頰。這陣風吹在發燙的身體上，讓我感到十分舒服。不知道是不是屋內的空氣實在太糟，現在連國道旁瀰漫著廢氣的空氣聞起來都很清新。

吵吵鬧鬧的大批人馬似乎打算換個地方續攤。

遠處迴蕩著一整群人的笑鬧聲，大概就是他們吧。

在我們起身離開時，早瀨以冬月聽不到的音量低聲這麼表示：

「那些傢伙一發現小春看不見，就馬上換了座位。」

「所以那桌才會像孤島啊。」

「孤島？」早瀨睜大眼睛。

「那桌不就像是陸地上的孤島嗎？」

聽到我這麼說，早瀨就笑著回答：「那是什麼形容啊。」

我們從宴會場地所在的月島沿著清澄通前往門前仲町。我和鳴海過相生橋前往大學宿舍，早瀨則表示要送冬月回家後再搭地鐵。

冬月拿著被稱為白手杖的拐杖，走在黃色的導盲磚上。

早瀨靠在旁邊，搭著冬月的手肘。而鳴海一直對著兩人喋喋不休地聊個沒完。

我沿著國道走在路邊，前方三人的聲音淹沒在汽車的嘈雜聲中。

我獨自抬頭仰望，這會兒才注意到今天是個晴朗的夜晚，月亮高掛於天空。不知道是因為月亮還是城市的燈火太過明亮，看不到任何星光。可是零星的公寓燈光倒是很像天上的星星，一輪圓月懸在高層公寓的縫隙之間，彷彿飄浮在滿天星斗中。這就是都市的景色啊——這幅景象觸動了我的內心。

她也看不見這輪明月嗎？

——我的眼睛看不見。

雖然冬月如此表示，她的臉上卻掛著開朗的表情。

如果我失去視力，會有什麼反應呢？大概會關在房間裡，不停地詛咒自己的命運吧。我可能會就此自暴自棄。吃飯的時候、走路的時候，都會覺得自己是別人的負擔而內疚。那一定很痛苦。如果是我，絕對無法像她那樣保持樂觀。

為何妳的眼睛看不見，卻想來參加迎新會呢？鳴海曾在會場裡這麼問她。雖然鳴海那種毫不拐彎抹角的問法讓人為他捏了把冷汗，冬月看起來完全不在意。

「因為沒體驗過這種活動……嗎……」

當我思索著冬月這句話的意思時，旁邊突然有人搭話：「你說什麼？」

我被嚇得驚呼一聲。

隨即看到早瀨瞪大眼睛望著我。

「咦，我是不是被討厭了？」

「沒有、沒有。」

「開玩笑的啦～」

早瀨的臉色沉了一下，立刻呵呵笑出聲。由於我們四個人在迎新會進入尾聲時一直在聊天，她似乎已經放下剛見面時的戒心。

「妳的手可以放開嗎？」

前方的冬月正獨自走在導盲磚上。

「她說要是導盲磚上沒有障礙物，自己走也沒關係。如果對方沒有要求，隨便搭手其實不太好。」

「妳和冬月從以前就認識嗎？」

「為什麼這麼問？」

「沒有啦，只是看到妳陪冬月的樣子，我以為妳們認識很久了。」

「哦，原來如此。我是在開學典禮的時候遇到小春的。你想嘛，『早瀨（Hayase）』和『冬月（Fuyutsuki）』的開頭不就是『Ha』和『Fu』嗎？」

開頭是「Ha」和「Fu」……我當下還以為是什麼猜謎遊戲。她的意思大概是開學典禮的座位是按照假名的順序排列，所以自己就坐在冬月的旁邊吧。

「……原來如此。」

「欸，你知道我們大學有一種叫做『學生嚮導』的工作嗎？之前公告欄上在徵人。」

「不知道耶。」

「嗯，我就覺得你應該不知道。那個學生嚮導呀，是針對身障人士，協助他們度過大學生活的志工喔。」

根據早瀨的說明，簡單來說那種志工活動就是基於身障者的意願，陪伴他們上課、在校園內移動，以及協助他們用餐。我一方面覺得她這個人很奇特，另一方面又覺得要是和她牽扯上會很麻煩。今天似乎就是冬月想參加迎新會，所以找上她商量。我只覺得真虧她能做到這種地步。偶爾就是會遇到這樣的人呢。和我完全相反。

「基本上，除非對方表示需要幫忙，否則最好不要隨便介入，可是我就是會忍不住出手幫忙。」

「是這樣嗎？」

「因為那種行為反過來的意思就是：『你自己做不到吧？』」早瀨說著垂下頭。

的確，如果有誰就像被當成小孩子般受到無微不至的伺候，那個人可能會感到不舒服。

「她說很想在上大學之後參加那種活動。」

早瀨低聲說：「真是了不起呢。」語氣中帶著同情。

「對了！」

早瀨突然誇張地抬起頭。
「空野同學跟我們是同個系的吧？」
「早瀨也是流通管理系的？」
「對，流通管理系。小春也是。」
「哦～那樣就只有鳴海是外系的吧。」
「空野同學，你有選修計算機概論嗎？」
「星期一第一節課那個？我是有選啦。」
「我沒選耶。」
「那堂課……儘管我有選，卻已經後悔了。完全聽不懂。」
「小春也這麼說。」
「妳說冬月？」
這麼一提，後面好像確實坐了個很像冬月的人。
可是因為我對那個人沒興趣，現在就算回想也想不起什麼。
當我歪著頭裝作擺出苦思的樣子時，早瀨突然開口這麼說：
「空野同學，你有沒有興趣當學生嚮導？」
這場對話越聽越不對勁。我有種不妙的預感。
「為什麼這麼問？」

我的話中有一點拒絕的味道。

早瀨卻輕描淡寫地無視我的拒絕。

「我沒有上那堂課嘛。所以我就在想，那堂課時能不能麻煩你幫個忙。」

「呃，可是啊……」

「如果你可以就沒問題了。要是你不方便……我就只好再想辦法嘍？」

不知該說她是太多管閒事還是太愛出風頭。願意照顧人到這種程度，反倒讓人覺得她真的很厲害。

就在我有點被嚇到的時候。

前頭傳來「哐啷」的一聲巨響。

前方有一輛自行車倒了下來，而冬月看起來有些驚慌。

看樣子她的白手杖不小心把停在導盲磚上的自行車撞倒了。

「妳沒事吧？」早瀨說著跑向冬月。

「抱歉、抱歉，我沒注意到。」鳴海這麼說。

我差點就要衝過去，然而看到鳴海扶起自行車的樣子時，我停下腳步。

「對不起！」

我只能站在原地，愣愣地望著如此道歉的冬月。

「沒事啦。這輛自行車這麼破舊，不管是誰來推都會倒。」

可能是腳架壞了吧，生銹的自行車怎麼擺也立不起來，讓鳴海陷入了苦戰。早瀨則是皺著眉頭走回來。

「最近我開始特別注意停在導盲磚上的自行車。真希望有更多人知道不該這麼做。」

「是啊。」

我半自動地應和她，早瀨有點生氣地表示：「對不對！」然後她帶著氣憤的情緒又把話題拉回學生嚮導的事情上說：「那麼關於學生嚮導的事，你的決定如何？」

真希望剛才自行車被撞倒的事情能帶走這個話題。

「嗯……」我假裝思考一下，然後語帶含糊地回答：「讓我再考慮一下。」

我再次委婉地拒絕。

然而早瀨還是不屈不撓地說：「先給我你的聯絡方式吧。」在我說著「可是～」，準備拒絕的時候，她已經亮出ＬＩＮＥ的ＱＲ碼。當我不情不願地交換ＩＤ的瞬間，她就微笑著表示：「要是小春遇到困難，就麻煩你照顧嘍。」然後跑向冬月了。

糟透了。

「就說了——」

——我不擅長那種事嘛。

這句話才到嘴邊，我又嚥了回去。

我從小就輾轉待過各式各樣的家庭。

離了婚的母親似乎不得不那樣做，才能獨自撫養孩子。

最初是外祖父母的家。外祖父母身體變差之後，就改住到阿姨家。阿姨和母親吵架之後，我們又搬去與遠房親戚住。也曾經寄住在沒有血緣關係的母親朋友家中。無論我搬到哪裡，假如表現得沒禮貌，就會被討厭；假如舉止過於禮貌，又會被認為過於做作而遭到嫌棄。轉學到新學校時，也是只要稍微引人注目，就會遭到討厭。可是如果我儘量不與人來往，就不會被說三道四。到最後，我明白了大家喜歡的是人畜無害的傢伙。於是我學會看氣氛，成為沒有存在感的空氣。不要與人來往，是最好的做法。察言觀色，判斷別人對哪些東西沒興趣，找出安全地區在哪裡。不知不覺中，這成了我的專長。

抬頭一看，月亮被雲遮住了。

月亮的輪廓隱約從雲霧間透了出來。昏暗的月光照亮成排的公寓，營造出詭祕的氣氛。雖然這樣的景色很美，不知為何眼前所見盡是冰冷的混凝土建築，讓我感到有點畏懼。

「啊，就是這棟公寓吧？」

早瀨停下腳步這麼說。

我們正站在相生橋的橋頭。大學就在橋的另一端。

「這間公寓很不錯嘛～」鳴海望向公寓這麼說。

眼前是兩棟並排而立，大約五十層高的正統高層公寓。公寓設有小階梯和輪椅用坡道，還有一條長長的步道。步道的盡頭是公寓的入口大廳，大廳裡可以看到流淌於玻璃上的瀑布，一眼就能看出這是要價上億的高級公寓。我原本就覺得冬月看起來很清純，現在更確定了她是一位清純型的富家女。

早瀨協助冬月握住輪椅用坡道的扶手，冬月用白手杖敲了幾下導盲磚，接著彬彬有禮地低頭說：「謝謝。」

那麼晚安啦。

晚安～

晚安。

我們這樣互道晚安，揮手告別。

就在這個時候。

「砰」的一聲，一道某種東西炸開的聲音響起，紅光映照在公寓的窗戶上。

「砰砰」，夜空中連續傳來爆破聲。每次聲音響起，公寓的窗戶便染上顏色。黃、藍、紅，亮光不斷變化著鮮豔的色彩。

鳴海指著相生橋的另一端。

「是那邊吧？」

早瀨從斜坡走到人行道上，抬頭望向天空。

「那邊不是大學嗎？可以放煙火嗎？」

聽到那句話，冬月也露出很想看到的興奮模樣說著：「咦、咦？有人在放煙火嗎？」一邊沿著斜坡跑過來。結果她手一滑，身體失去了平衡。

「危險！」

我這麼說著，立刻抱住冬月。

當我將冬月的身體扶起來時，碰到了冬月的手掌，一股冰涼的觸感傳了過來。

「空野同學的手很溫暖呢。」

冬月這個人還真是無憂無慮。

「這樣很危險喔。」

「對不起。」

「呃，沒關係啦。」

我帶著冬月走到人行道上，煙火已經放完了。

「結果沒看到呢。」

冬月打趣地笑道。這句話聽起來很奇怪，於是我問她：

「妳看得見嗎？」

冬月聽到問題轉過臉來回答：「不。」

「我喜歡煙火。」

「妳喜歡煙火呀。」

——可是妳不是看不見嗎？

我把這樣的話嚥了回去。

「我一直夢想著，有一天能和朋友放煙火喔。」

這麼說著，冬月笑了。

在看不見的世界裡，要怎麼放煙火呢？

在看不見的世界裡，煙火又是什麼樣子呢？

獨自置身於一片漆黑之中。

獨自置身於巨響之中。

會是這樣的感覺吧？

她卻說得如此開心。

是在虛張聲勢，還是真心話呢？

感覺她真是個不可思議的人。

「空野同學。」

早瀨在我耳邊低聲說：

「小春很可愛對不對？」

因為不太好否定她，我語帶含糊地回答：「嗯～是啊。」

「小春不但可愛，還很帥氣喔。」

在我們道別之前，早瀨一直纏著我不放。她說著：「你有興趣再幫就好了，拜託啦。」

害我好幾次差點脫口回答：「不行啦。」

就別理她吧。

就這樣，最後我終於撐了過去。

2. 露天座位

＊

或許因為這裡是一所歷史悠久的大學，我住的學生宿舍是如今很罕見的雙人房。

當然，對於得和別人共用房間這件事，我有些不滿。

不過這是出於某個讓我無法抗拒的原因。

那就是便宜。

位於東京市區，僅需一萬日圓的超便宜房租。

我實在無法抗拒如此破格的條件。

另外室友完全是隨機抽選，我必須與大一時的室友住在同一個房間，直到其中一方退宿為止。聽說這裡的人往往會與室友一起生活四年。

儘管鳴海這個人有些不講理，我覺得他骨子裡是個好人。像是我快要睡過頭時，他會叫醒我，讓我非常感謝他。

「空野，你第一節不是有課嗎？昨天又熬夜了吧？」

鳴海這麼說著。當我睜開眼，就看到他拿了杯即食味噌湯問我：「要喝味噌湯嗎？」

睡眼惺忪的我接過味噌湯喝了一口，感到一陣暖意。

「不對，你是我老媽嗎！」

我覺得自己最近好像染上鳴海那種關西的調調。

*

星期一的第一節課最難熬。

尤其是度過睡整天的週末之後，人在星期一時精神上會特別痛苦。

或許是因為上星期五參加迎新會消耗過多的精神，結果星期六和星期日兩天我都在睡眠中度過。在如此放鬆到極點的精神狀態下，我被迫從早上八點五十分開始聽課，簡直就是一種苦行。

我這麼想著打呵欠，將四月底的冷空氣吸入肺裡。

從宿舍出發，走過一段短短的人行道。步行一分鐘，大學就在宿舍的對面。

從後門進入大學時，首先映入眼簾的是茂密的樹林。樹林底下的空氣涼爽，能聞到泥土的氣味，還能聽到小鳥的鳴叫聲。清新的空氣振奮了我的心情，讓我加快腳步朝大學的大講堂走去。

能夠容納一百人的寬敞大講堂充滿了喧譁聲。大講堂的出入口左右兩側各有一段短短的階梯。走上階梯面向教室的前方就能看到黑板，整個教室的地板高度向著黑板的方向下降。

就算進到教室，我也沒跟任何人打招呼。

我避開他人的視線，走向自己的固定位置。

雖然這堂課並沒有指定學生的座位，一個月下來大家似乎各自都有了「固定位置」。不過這天有人占走了我的固定位置，我只好另尋座位，然後發現最後面還有空位。

當我向那個座位走去時，就發現冬月正坐在長桌的另一端。

我只有在心裡「啊」了一聲。當然，我並沒有向她打招呼。

我拿出智慧型手機，發現ＬＩＮＥ上有一條訊息，是早瀨發來的。

我從對話列表中閱讀那條訊息，避免讓對方看到已讀的標示。

優子　【小春就麻煩你嘍。】

真是厲害。死纏爛打到這種程度反而令人佩服。

我算了一下，假設早瀨和冬月是在開學典禮上相遇，到現在也還不到一個月的時間。

她竟然願意介入認識不到一個月的人的生活到這種地步。不知道該說是有強烈的正義感還是怎樣。

我看了一下冬月，她正在用指尖輕撫著一本書。

那本書從封面到內頁都是一片雪白，頁面上看起來沒有印上黑色的文字。

冬月翻頁時，可以看到裡頭夾著一張應該是塑膠製的黃色書籤。她拿起書籤，又開始用指腹撫摸雪白的頁面。仔細一看，白色的頁面上有著凹凸不平的起伏，應該是點字書吧。

射入教室的晨光照在冬月身上。

看著這一幕，讓人感到開始上課前的教室喧囂聲變得無比寧靜。

她在讀什麼呢？

那是什麼書呢？

我有些好奇。不過，我並沒有上前搭話的打算。這樣的話，就只能偷看書名了。然而點字書連書名都是點字，讓我無從得知書上寫了什麼。

沒辦法，就當作沒看到吧。

就在這個時候。

冬月正要將書籤插入下一頁時，書籤被書頁邊緣彈開，滑向我這邊。

她似乎沒有發現。

我拿起書籤向她使了個「這是妳掉的嗎？」的眼神，不過她當然不可能注意到。

我輕輕將書籤滑向冬月，但是她連書籤在我手上都沒有注意到。

經過一番掙扎後，我終於下定決心。

「早安。」我向她打了一聲招呼。

雖然我鼓起勇氣開口，卻沒有得到任何回應。

冬月仍然靜靜地讀著書。

當我再次說出「早安」時，冬月茫然地發出「咦？」的一聲。

那是「咦？啊，是在叫我嗎？」的反應。

我剛開始也感到不知所措，不過漸漸明白了。

這樣啊。她沒辦法根據別人臉面對的方向或視線來判斷那個人是在跟誰說話啊。

「冬月，早安。」

這次我明確地喊出名字，冬月這會兒才疑惑地偏頭過。不過她並沒有完全把臉轉過來，而是耳朵朝向我回答：「空野同學？」

「為什麼是疑問句？」

「對不起。如果不說出名字，我就沒辦法辨認對方是誰。」

原來如此。因為看不見，她很難認出說話者的身分吧。

「這次我是根據聲音的音色猜的。」

「聲音的音色？」

「空野同學的聲音有點高。」

「是這樣嗎？」

「嗯。大家的聲音多半在Do的音域，但是空野同學的感覺像是Mi。」

「妳有絕對音感啊。」

「我從小就在學鋼琴喔。」

冬月做出彈鋼琴的手勢，開朗地回答。看到她的樣子，我鬆了口氣。

仔細一看，冬月的手指又長又細。雖然這裡用「果然」這個詞聽起來可能不太好，我還是覺得這個人果然很漂亮。

當我提起那個書籤時，冬月愣了一下。對喔，她看不見嘛。

我拿起書籤碰了碰冬月的指尖。她似乎明白狀況，於是笑著說：「是你幫我撿回來的嗎？空野同學是個好人呢。」

那突如其來的笑容讓我心跳加速。

我不想讓自己意識到這一點，將視線從冬月臉上移開。

之後，教授進到教室開始上課。

不知為何，文組科系的課程裡竟然有計算機結構和演算法。連十進制的世界都沒辦法完全理解而逃到文組的人怎麼可能理解什麼二進制啊。「以位元組成的位元組依照位址儲存在記憶體內」讓我陷入混亂，拜託請說日語吧。

大學的課程基本上不會管學生的個人狀況。校方的態度是「如果想要理解，就自己去查吧」。就算是為了讓學生學會自立，這樣未免太虐待人了。

九十分鐘的時間實在很難熬。

我看了一下智慧型手機，發現才過四十分鐘。如果是高中，再過十分鐘就能下課了。

此時專注力已經到極限，我只能望向旁邊窗戶的天空。無垠的藍天一望無際，讓人的心情不禁開朗起來。接著目光往下移，就看到冬月就在那裡。

冬月正以認真的表情直視前方。她將耳機插上附有鍵盤的小型機器，一隻耳朵塞著耳機，用另一隻耳朵專心聽講。

我用智慧型手機查了一下，那臺機器似乎叫做點字顯示器，是用點字來做筆記的設備。

漫長的九十分鐘結束後，教授離開教室，教室裡頓時變得喧鬧起來。

下一堂課是第三節，而第二節到午休之間有將近三個小時的空閒時間。每個星期這個時候，我都會回宿舍睡覺打發時間。我今天也打著回去睡覺的打算，站起身來。

我瞥了一眼冬月，發現她正在收拾桌面上的物品。只見她一件一件將東西塞進包包裡，每一次都很小心地進行確認。或許是不能隨便將物品亂塞進包包，所以每個動作都花了很多時間。

看起來好辛苦。

我不禁這麼想。

我討厭心生這種想法的自己。

也討厭因為察覺到這種心態而感到受傷的自己。

……回去吧。

正當我轉身離開的那一刻。

喀啷——底下傳來一個聲響。

我回頭望去，看到冬月不小心撞倒靠在椅子上的白手杖。白手杖滑了下去，停在下面一層的階梯上。

冬月蹲下身子摸索地板，慢慢地尋找白手杖，然而她看起來似乎找不到。

那是當然的。如果要我閉上眼睛找那根手杖，也不可能找得到。

環顧四週，教室裡只剩下我和冬月。

糟透了。

我討厭在這種時候還會猶豫那麼一下的自己。

這讓我覺得自己好像是需要依賴別人的醜陋生物。

另一方面，有一部分的我因為沒有其他人在場而鬆了一口氣。在這種情況下還會在意旁人的目光，這讓我覺得自己更加醜陋。如果是早瀨，如果是鳴海，他們肯定會毫不猶豫地衝上去撿起來，那樣的畫面不難想像。

「冬月，妳等一下。我去撿。」

「謝謝。」

「我撿到了。」

「謝謝。」

不過是幫忙撿起掉落的東西，她為何得這麼卑躬屈膝呢？

「沒什麼大不了的啦。」

「要是掛個鈴鐺就好了呢。」

「呃，如果它停在地上，不就不會發出聲音了嗎？」

「啊……說得也是呢。哈哈。」

當她這麼笑的時候，看起來就像個普通的女孩子。可是，當我看到冬月倚著白手杖走路的樣子，就會不由自主地意識到她的視力問題。

「空野同學，你第二節有課嗎？」

「沒，我沒選。」

「那有什麼計畫嗎？」

我讓電梯門開著等她，冬月進去後才按下按鈕。

我沒辦法老實地表示自己要回宿舍睡覺，感覺好像錯過了道別的時機。

在這種氣氛下，我實在說不出「那我就先回去了」這樣的話。

「要不要找個地方打發時間？剛剛優子聯絡我，她說有事沒辦法來。」

「聯絡是指打電話嗎？」

「不是，是ＬＩＮＥ。」

「咦？妳會用ＬＩＮＥ嗎？」

我吃了一驚，讓冬月呵呵笑了笑。

她說等一下會告訴我怎麼做到，接著我們便一起前往學生會館。

學生會館的露天座位旁邊擺了一排自動販賣機。另外還有用鐵板搭成，不知是用來遮陽還是阻擋視線的圍欄。圍欄擋掉部分日照，讓那裡成為一處充滿柔和陽光的舒適場所。

在自動販賣機前問她「要喝點什麼嗎？」時，冬月回答：「我自己可以買。」她憑著手指的觸覺將硬幣投入自動販賣機，熟練地按下略多加糖和奶茶的按鈕。

「妳剛剛是怎麼選的？」

「呵呵，很好奇嗎？」

「妳不是眼睛看不見嗎？」

「這臺自動販賣機可是專屬於我的販賣機呢。」

「……難道冬月小姐是自動販賣機業者？」

她的家族該不會是透過自動販賣機的收益坐擁億萬豪宅的販賣機富翁吧？

冬月愣了一下，然後笑了出來。

「才不是～」

「可是妳不是主張那臺自動販賣機專屬於妳嗎？」

當我有禮地這麼說完，她回答：「空野同學原來會開玩笑呢。」

「咦？難道妳以為我是個連玩笑都不會開的陰沉男嗎？」

看來我戳到了她的笑點，只見冬月笑個不停，嘴裡唸著：「陰沉、哈哈哈、哈哈哈。」

冬月輕拭眼淚，每個動作都充滿了優雅的氣質。

「所謂的專屬販賣機，是一個人經常使用的自動販賣機的意思啦。陌生的販賣機對我們來說跟俄羅斯輪盤沒兩樣。那就像是『明明想喝奶茶，卻掉出了紅豆湯！』的感覺。」

我回答：「聽起來感覺很好玩呢。」不過就在我這麼說之後，立刻補上一句：「那個，抱歉，我把妳的困擾說成好玩的事。」

「不用道歉啦～這種事有時也很有趣。可是如果每次都這樣，我會喝不到想喝的飲料，所以就指定一個經常使用的自動販賣機，當成——」

「當成專屬販賣機？」

聽到我講出她要說的話，冬月微微一笑表示：「沒錯。」

「優子之前告訴我每個按鈕的飲料是什麼，我就背起來了。」

「妳該不會記得所有飲料的按鈕吧？」

「抱歉，我只記得加糖跟奶茶的按鈕。」

「那妳吹什麼牛。」

「玩點文字遊戲嘛～」

她與我對話時身體會面向我，說話的方式也很自然，所以聊天時我會忘記她的眼睛其實看不見。然而即使我望向冬月，也沒辦法與冬月對上視線，這點讓我重新意識到她真的看不見東西。

「對了，妳是怎麼用LINE的？」

聽到我這麼問，冬月就輕輕放下裝著奶茶的杯子，之後拿出自己的智慧型手機向我解說。據她所述，似乎大部分的智慧型手機都搭載了螢幕閱讀器的功能。只要啟動那個功能，點一下螢幕可以讓智慧型手機讀出觸碰的文字，點兩下可以選擇該段文字。只見她興致勃勃地對我講解。

「操作智慧型手機也不容易呢。像是用兩根手指和用三根手指的效果就不一樣。」

「哦～感覺很複雜耶。」

「其他還有滑動四根手指或點三下的手勢，讓我花了很多時間練習。儘管很辛苦，有句話說得好，人在必要時刻會變得無所不能。」

冬月開心地講述自己吃過的苦，彷彿不覺得那些事有多麼辛苦。

「那麼妳用LINE之類的東西時是怎麼輸入文字的？」

「我用語音輸入。所以偶爾會出現錯字，還請多多包涵。」

她如此愉快地笑著說。該怎麼說呢，我覺得她這個人實在是非常開朗。

「鳴海同學之前也問過我這種問題喔。」

我記得她的LINE上有鳴海的頭像。

接著，臉上掛著笑容的冬月說出這麼一句話：

「我們這些瞎子做的事，其實跟大家差不多。」

我的心臟突然變得很冰冷。

聽到她直接稱自己為「瞎子」，讓我不知道該如何回應。

只要她願意，明明就可以改用「眼睛看不見的人」或「視障者」等其他稱呼。然而她如此輕鬆且直截了當地說出「瞎子」兩個字。

換作是我，可能無法如此開朗地說出「我家是單親家庭」這種話吧。或許是因為那種經歷在我心中留下了某種陰影。

冬月過去到底經歷了多少掙扎呢？

一想到這裡，我就暗自尋思詢問冬月「妳是怎麼做的」或者「妳能做到嗎」這樣的問題，會不會很沒禮貌？

我變得不知道該怎麼做。

問題可以深入到什麼程度？

什麼樣的話語會傷害到冬月？

我該怎麼辦？只要用普通的方式和她相處就好了嗎？

說到底怎麼樣才算普通的方式呢？

我感覺撞到了一堵透明牆。

那是我自己造出來，看不見的牆。

我明白。

只要好好地傾聽、好好地對話就可以了。

我明白。我認為我自己明白這一點。

然後冬月說：「空野同學也告訴我吧。」

有一瞬間，我不知道她要我告訴她什麼。

冬月在智慧型手機上顯示出QR碼。我這下才慢慢理解她要和我交換聯絡方式，嘴裡卻只能發出「啊」或「嗯」之類的聲音。

「空野同學可以幫我掃一下嗎？」

冬月繼續這樣自說自話，接著我的智慧型手機裡就多了標示著「小春」的冬月頭像。

那個頭像是我從未見過的花朵照片。

＊

那是下個星期一第一節課結束後的事情。

這位名為冬月的女生竟然又把白手杖弄掉了。

我心裡暗自期待有沒有人會注意到這個情況，可是似乎誰也沒有察覺。

由於就這樣放著她不管很讓人過意不去，於是我問了一句：「妳還好嗎？」緊接著她回答：「謝謝，這個星期又麻煩你了。」雖然冬月向我道謝，臉上卻掛著苦笑。

在我搭話之後，一切都像上次那樣，我們又到那個露天座位打發時間。

冬月仍然小口小口地喝著她那杯略多加糖的奶茶。我們閒聊了一段時間，或許是因為彼此都覺得不必刻意找話題，雙方的對話突然就結束了。

然而即使陷入沉默，我也不會感到氣氛尷尬。從冬月的表情來看，她似乎也不會感到不自在。所以我放下心，和她各自在座位上發呆。

微風吹過，周圍的樹木隨風搖曳，發出沙沙的聲響。沐浴在沁人的陽光中，讓我差點想打呵欠，但是又覺得直接發出聲太失禮，於是忍了下來。

就在那個時候。

「喂～」

早瀨揮著手走了過來。

「啊，是優子。」冬月將臉轉向聲音的方向說。

「一聽到那個聲音，我就知道是早瀨了。」

我心裡隱約有個想法。如果閉上眼睛，我可能無法辨別出那個聲音是誰吧。

「優子的聲音很可愛，所以很容易聽出來喔。」

「是這樣啊。」

我曾經聽說失去視力的人聽覺會變得敏銳，不知道是不是真的。

我很想問，但是又覺得這樣似乎問太多，會很沒禮貌。

早瀨一過來，就滿臉失落地說：「第二節課因為教授有事，所以取消了～」

「你們在聊什麼呀？」

我本來要回答沒什麼，冬月卻搶先回答：

「我們剛剛在聊優子的聲音從遠處也很容易聽出來。」

「咦？真的嗎？」

早瀨坐在我和冬月之間的座位上，背對著我面向冬月。

「難道眼睛看不見之後，真的會使人的耳朵變靈敏嗎？」

早瀨輕鬆問出我猶豫是否可以問的問題。我不禁佩服起她的神經有多大條。

「啊，不是。我覺得應該沒有那種事喔。」

「但是我聽說盲人能利用回聲聽出什麼東西在哪裡耶。」

「不可能、不可能。」

冬月笑著在臉前揮手。

「大概是我一直都在練鋼琴，所以才聽得出來吧。」

「原來小春會彈鋼琴啊。那麼我想拜託妳一件事……」

早瀨和冬月繼續開心地聊天，我則獨自在一旁看天空。我望著緩緩流動的雲朵心想，如果能躺在那些雲朵上該有多麼舒服。

換句話說，我在這陣溫柔的陽光中已經想睡得不得了。

我側眼瞥了她們一眼，早瀨和冬月看起來聊得正開心。這時我突然意識到，或許可以趁這個機會離開。

「那麼，我差不多該回宿舍了。」

我試著若無其事地表達離開的意願，打算回去好好休息。

不過這個嘗試似乎澈底失敗了。

「啊，不好意思，空野同學，你可以順便幫忙帶個路，告訴我們紀念會館在哪裡嗎？」

早瀨突然跟我說這種莫名其妙的話。

「帶什麼路？」

「剛剛不是說了嗎？」早瀨皺著眉頭說。「校慶的爵士樂音樂會要用到宿舍區紀念會館裡的鋼琴，你也知道，我是校慶執行委員，必須確認鋼琴能不能正常使用。小春說，她可以幫忙檢查鋼琴的聲音有沒有異常。」

這是我第一次聽說早瀨加入了校慶執行委員會，不過我腦中首先想到的是——

「……所以，為何要我帶路？」

聽到我這麼問，早瀨就愣愣地說：「你不是要回宿舍嗎？」

為什麼「回宿舍」就等於「帶路」啊……

「宿舍區那邊有『非相關人員禁止進入』的告示牌，你不覺得有種住宿生以外的人不能進入的感覺嗎？拜託啦～」

唉，就算拒絕大概也只會招來負面觀感。我表示：「反正都在回家路上。」勉為其難地同意了。

趕快回去睡覺吧。應該能睡個兩小時。

我懷著這樣的想法和她們兩人從大學的後門離開，就在踏入宿舍區的時候——

早瀨的智慧型手機似乎接到電話。從反應來看，應該是學長打來的。

「是的，是的。」早瀨講了一小段電話之後說：「抱歉，校慶執行委員那邊要集合。」說完就表示要回到學校。她離開之前握著冬月的手說：「不好意思，小春，能麻煩妳檢查一下鋼琴嗎？」然後精神十足地揮了揮手說：「那麼空野同學，就拜託你了！」

雖然我在心中對她全力吐槽，我知道在這種情況下拒絕會顯得很不會看氣氛。我在內心嘆了口氣說：「我們走吧。」與冬月前往目標地點。

我時不時提醒她「這邊有樓梯喔」、「這邊有高低差喔」、「要往右手邊走」、「要往左手邊走」，同時將冬月帶往放置鋼琴的紀念會館。看著冬月邊走邊使用白手杖確認障礙物，讓我很在意就在旁邊的自己該不該把手借給她。雖然直接把手借她牽會比較安全，我又不太敢碰觸冬月。

鋼琴孤零零地放在一間滿是灰塵的房間。

紀念會館的這個大房間此刻靜悄悄的。塵埃受到光線的照射，使得室內閃閃生輝。大廳的一角孤單地放著一架大型三角鋼琴，黑亮的鋼琴上覆蓋著一層薄薄的灰塵。

我帶著冬月來到鋼琴前，冬月撫摸了一下琴鍵。

「哇～」

她就像個小孩子，發出一聲驚嘆。

「妳有辦法坐下嗎？」

「謝謝。我沒問題。」

冬月坐在鋼琴用的椅子上，我在旁邊看著她伸出食指按下琴鍵。

「這個問題問得有點晚，可是看不見東西還能彈鋼琴嗎？」

「如果是以前看得見時背過的曲子，我還是能彈喔。」

「也是，畢竟世上有盲人鋼琴家嘛。」

「那些人已經是另一個層次了。一旦看不見，我也沒辦法記住新曲子。」

冬月笑了笑。

「其實我還留有很多看得見時的記憶或習慣喔。像是彈鋼琴時會下意識地朝樂譜的方向看，有人搭話時會不自覺地轉過頭去。煙火升上天空時，也會不由自主地仰起頭，偶爾會讓別人以為我看得見東西呢。因為還留有看得見東西時的印象，讓我覺得還好曾經經歷過那段時期。」

望著看不見東西微笑著說出「還好曾經經歷過看得見東西的時期」這種話的冬月，我不知該說什麼才好。

正確的反應是稱讚她很厲害嗎？可是這種話會不會聽起來像我有成見，認為盲人通常不會如此樂觀呢？

我不知道該怎麼回應，感覺自己整個人愣在原地。

突然一道清脆的高音響起，使我回過神來。

「哦，是三角鋼琴呢。」

「妳聽得出來啊？」

「按下去的感覺完全不一樣。三角鋼琴的琴鍵回彈速度很快。」

「這樣啊～」

冬月說著：「一想到要接受空野同學的提問，我就緊張起來了呢。」一邊熟練地試彈幾下，然後調整椅子的位置和自己的姿勢。

「那麼，我可以開始彈了嗎？」

「請便。」

冬月將修長的指尖放在琴鍵上深吸一口氣。然後在呼氣的同時，慢慢地按下琴鍵。柔和的旋律傳遍寂靜的大房間。

她以宛如輕撫琴鍵的手勢奏出豐富的音色。

我訝異於她的高超琴技。不知怎麼地，我感覺冬月彈奏的曲子就像一片大海。

我彷彿置身於蔚藍的天空下，腳踝浸在海水中，海浪來回拍打著腳邊。我茫然地望向大海，看著遠處波光粼粼的海面和飛翔的海鳥，這時一陣白浪突然湧來，腳邊的波峰閃爍著耀眼的水光。

冬月那輕緩的演奏就是給人如此的感受。

「怎麼樣？」

曲子結束後，冬月詢問我的感想。

問我怎麼樣……這要我怎麼回答呢？

「嗯。巴哈的曲子果然很棒呢。」

我隨便敷衍了一句，冬月便哈哈大笑。

「不是巴哈。」

「那麼是莫札特？」

「可惜……也不算可惜啦。」

「那就是蕭邦了！」

冬月哈哈哈笑著。

「空野同學果然很有趣。這首曲子是三善晃的〈波浪的阿拉伯紋樣（暫譯）〉。」

「那我就沒聽過了。」

說起來，對於沒有學過古典音樂的人而言，我們只會認識學校裡學過的貝多芬、巴哈、莫札特和蕭邦這些音樂教室裡掛有照片的音樂家。

「這是經常在鋼琴比賽中選用的曲子，我在小學五年級時彈過。從那時起我就很喜歡這首曲子，經常彈它。我喜歡彈得比樂譜規定的速度慢一點。」

「老實說我覺得妳彈得真的很厲害。」

我一邊驚訝於她在小學時就能彈奏這首曲子一邊讚美她，讓冬月滿意地笑著道謝，然後開心地表示還想再彈一會兒。

我回答「請便」，於是冬月又彈了大約三十分鐘。

「這架鋼琴可能需要稍微調一下音，可是我認為還在可接受的範圍。」

彈到盡興的冬月走在我的身旁愉快地說。

「妳經常彈鋼琴嗎？」

「我在家裡經常彈喔。不過彈的是電子鋼琴。」

由於已經完全沒有時間睡覺，所以我跟冬月決定回大學到學生餐廳吃飯。我們離開宿舍，來到大學後門前等待紅綠燈。

「謝謝你。」

「這沒什麼啦。」

不只是鋼琴的事——冬月繼續說。

「剛才白手杖掉在地上時，我一邊撿一邊心想，或許應該掛個鈴鐺之類的東西。然後不知怎地突然感覺空野同學會幫我撿起來，結果你真的幫我撿了！讓我好開心呢。」

這個意想不到的告白讓我吃了一驚。

「不過……撿的人不一定就是我吧？」

「可是你就是撿了呀。」

冬月笑了笑。

「聽到空野同學在課堂上有被點到名，我就知道你有來，心想還能不能再一起去露天座位喝杯飲料，只是不好意思直接在教室裡喊空野同學的名字。不過，幸好我們能像這樣再聊聊天。」

「我們都已經交換過ＬＩＮＥ了，直接聯絡不就好了？沒必要在教室裡喊名字。」

因為她突然笑容滿面地慶幸我們能再次聊天，讓我有點不好意思，我便作出這種敷衍般的回答。

一聽我這麼說，她就驚訝地表示：「咦？可以嗎？」

「……是可以啦。」

看到她莫名其妙地露出笑咪咪的表情說「我知道了」，讓我覺得她真是個奇怪的人。

行人燈號轉綠，紅綠燈傳出鳥叫聲。

大概是聽到那個聲音，冬月說：「我們走吧。」

不知為何，冬月的聲音聽起來就像紅綠燈傳出的鳥鳴聲那般輕快。

＊

時間來到五月底，認識冬月已經一個月了。

我養成了一個習慣。那就是如果下課有空，就會和冬月在露天座位打發時間。

部分原因是那天我同意她可以用ＬＩＮＥ聯絡我之後，她就會特地在課堂前一天傳來訊息說：【要是方便的話，要不要一起去露天座位喝杯飲料？】讓我很難拒絕。

這天，我又和冬月在露天座位打發時間。

我點了學生餐廳的拉麵來吃，冬月則像往常一樣喝著略多加糖的奶茶。

冬月平時不吃午餐。

似乎是因為她母親做的早餐經常讓她吃得很飽。

據冬月所說，她和媽媽兩人就住在那棟公寓。她們好像固定會去某間醫院處理眼睛的問題，所以在醫院附近買了第二間房子。當她理所當然地提到「第二間房子」時，我震驚地說：「我竟然遇到真正的富翁啊。」讓冬月鼓起臉頰半開玩笑地假裝生氣。

吃完拉麵後，我沐浴在陽光下發呆。

初夏的風徐徐吹來，這天是個舒爽的晴天。

「驅同學？」

「嗯？」

「我還以為你走掉了。」

「因為我隱藏了氣息嘛。」

「驅同學好欺負人。」

根據冬月的說法，只要我靜悄悄地隱藏氣息，就會像真的不見了一樣。我隱藏氣息的方式似乎與他人有所區別。

不知道為什麼，我很喜歡這種以「驅同學？」開頭的對話。

是從什麼時候開始的呢？冬月某次突然問我：「我們要不要直呼對方的名字？」

我最多只能直接稱呼別人的姓氏，所以理所當然地拒絕了，冬月卻開始單方面地叫我「驅同學」。

老實說，我從來沒想過要與冬月成為可以彼此聊天、互開玩笑的關係。

然而不知道是不是雙方很合得來，這種相處讓我莫名地感到相當舒適。

和女生聊天很愉快，我是第一次有這樣的感覺。

「對了，妳平時在讀的那本是什麼書啊？」

「這本嗎？」這麼說著，冬月從包包裡拿出一本書。

「對，就是那本。」

「標題就寫在這裡喔？」

「我不會讀點字。」

「是《安妮日記》。」

「哦～是《安妮日記》啊～」

「咦！你讀過嗎？」

「從來沒讀過。」

「咦！那你剛剛那個反應是什麼意思啊！」

我問笑出來的冬月：「好看嗎？」

「看到書中描述堅強且永不放棄的生活態度，不知怎地讓人湧起想要努力下去的想法。而且我很喜歡裡頭的一段章節，經常會反覆閱讀那段。」

對於從未讀過那本書的我來說，她的話沒辦法讓我產生什麼感觸，不過看著冬月愛憐地撫摸那本書的樣子，我隱約體會到一點——

那一定是讓她深有同感，對她非常重要的書吧。

我盯著那本白色的書。

「閱讀點字會很困難嗎？」

「儘管已經習慣了，確實很花時間。最近多了有聲書之類的產品，所以我也會用那些方法聽書。不過能摸到紙張也有其獨特的魅力喔。」

「這樣啊～」

「驅同學要不要也來讀讀看點字？」

冬月遞出那本白色的書。我接過書後摸了一下。

「哦～」

「不要只是『哦～』啦。」

「我會考慮考慮。」

「啊，那就是不打算讀的意思嘛。」

看穿我的冬月哈哈哈笑了起來。

「對了，這是什麼？」

我拿起夾在書裡的黃色書籤。是那天的書籤。

「哪個？」

冬月這麼說著，然後伸出手。我讓她觸摸書籤，她便回答：「原來是這個啊。」

「這是我做的書籤。」

那個書籤上印著點字。

「上面寫了什麼？」

「我真的很希望驅同學能試著讀讀看喔。」

「等我哪天有興趣再來解讀吧。」

「啊，你果然不打算讀嘛。」

冬月喃喃說著「驅同學真是個有趣的人」，停了一下又接著問：

「你喜歡煙火嗎？」

「為什麼突然聊到煙火？」

「因為我喜歡啊。」

「妳之前也曾經說過呢。」

「我說過嗎？」

我記得在與冬月相遇的那個夜晚，她曾經說過有朝一日想和朋友一起去看煙火。

我腦中又冒出「妳不是眼睛看不見嗎？」這個疑問，但是沒有說出口。

「我的老家下關那邊啊～因為我搬過很多次家，就算說是老家，其實也只是最後一次搬家搬到下關而已。」

我的腦海中浮現下關的關門海峽湍急的海流。

「那邊有個叫做關門煙火大會的活動，是下關和福岡的門司港隔著關門海峽同時施放煙火的活動。」

我突然想起小時候和父母一起去看的煙火大會。

接著我說出當時的想法。

「那個活動超多人的。」

聽到我說出這麼老實的感想，冬月就拍著桌子哈哈大笑。

「我還以為能聽到什麼感人的故事而等著你說，那是什麼搞笑的感想啊。」

「不是，那裡的人潮很誇張喔。聽說是日本人氣第二高的煙火大會。」

「還真像是驅同學會說的話呢～」冬月笑著表示。

「真想去看一看。在海峽兩岸連續施放煙火，那種場面一定很壯觀吧。」

「可是人很多喔～」

當我如此表示，冬月就突然冒出一句：

「煙火大會人很擠是壞事嗎？」

「什麼？」

我不禁反問了一聲。

緊接著冬月誇張地張開雙手。

「大家都在抬頭仰望夜空，都興奮地露出笑容。一想到周圍有這麼多那樣的人，不覺得放煙火是很棒的活動嗎？」

「呃……」我說不出話來。

我從來沒有那樣的想法，只能愣在原地。

冬月還真是厲害。

她看見的是什麼樣的世界呢？

目盲的她所見到的世界，肯定與我不同吧。

我感到有些自卑，不禁低下頭。

即使我低下頭，也不會被冬月看到，所以在某種意義上，我愛怎麼低頭都沒關係。可是，我不希望因為對話中斷而讓她關心我。

「這是怎麼做出來的？」

我摸了一下剛好看到的書籤。

「只要有特殊的印表機，其實很容易就能做出來喔。」

當然，我不是在讀點字。雖然我用手指摸著書籤，我非但無法讀懂上面的意思，甚至無法僅憑藉指腹分辨凹凸處。這樣使我佩服她讀得懂點字的同時，再次意識到冬月的眼睛看不見，並且深深體會到我們生活在不同的世界。

「我都不知道有辦法能夠製作這種點字書籤。」

「這是我上大學之後做的。你沒列過這種『死前想做的事情清單』嗎？」

我思考了一下自己死前想做的事情。頂多就只有中樂透，然後一直窩在家裡看書度日這種程度的想法吧。不過那與其說是死前想做的事情，不如說是普通的欲望罷了。

「人啊，什麼時候死都不奇怪喔？」

冬月輕輕一笑。

我完全無法理解那抹微笑的意義，只能愣在原地。這種黑色幽默開得未免太過頭了。

或許是察覺到我的反應，冬月急忙澄清：「對不起。我是開玩笑。開玩笑的啦！」

「拜託饒了我吧。」

就在我想擦掉手汗，把書籤放到書本上的瞬間，意外發生了。

帶著夏日溼氣的強風忽然吹過。

幾張露天座位的椅子就這麼被吹倒。

擺在桌上的書頁被吹得不斷翻動，書籤……隨風飛走了。

儘管我伸出手，書籤卻滑出手心。

「咦、咦！」

只見書籤輕飄飄地在半空中飛舞。

我衝上去想抓住它，然而書籤已經飛離露天座位，落在學生合作社建築的屋頂上，不見蹤影。

「咦？」

我只能發出這樣的聲音。

「怎、怎麼了？」

聽到我的慌張語氣，冬月也慌了。

於是我說明剛才發生什麼事。

「抱歉。那是很重要的東西嗎？」

我一次又一次地道歉。

「……這樣啊。」

冬月陷入沉默，明顯露出失落的樣子。

「沒關係啦。反正書籤上寫的東西我都記得。」

雖然冬月表現得很堅強，我還是有點愧疚。

或許就是因為如此。

「你知道嗎？」

我無法拒絕冬月接下來提出的邀請。

＊

「學校裡好像有個叫做煙火研究會的社團喔。」

也許是因為大學裡有培養航海士的課程，校園裡有個被稱作「池塘」的船隻停泊處，那邊也真的停放著小型船隻。

根據冬月所言，在那個池塘前的第一船庫旁邊，似乎有間貼著煙火大會傳單的組合屋，而那間組合屋就是煙火研究會的據點。這件事似乎是早瀨告訴她的。

「可以的話，你能帶我去看看嗎？畢竟不好意思老是麻煩優子。」

「我記得早瀨今天上午有打工吧？」

「是的。她現在好像正在咖啡店打工喔。」

「打工啊～」

要不要來打個工呢？

我這麼考慮了一下。

因為我住在超便宜的宿舍，只靠獎學金也能勉強過日子，可是有錢可用也不是壞事。只是我完全提不起勁工作。

「優子身上有咖啡香之後，就變得更迷人了喔。」

「那有點讓人憧憬呢。」

「我也好想打工喔～」

聽到那句話，我不禁吃了一驚。那應該不是因為憧憬而嘴上說說想打工，而是真心想要這麼做。如此積極的態度讓我真的覺得她很厲害。

我們從露天座位走向海邊，很快便抵達池塘處。雖然入口處張貼寫有「禁止垂釣」的告示，已經有三個人在釣魚了。海面閃爍著波光，白雲緩緩地流動。

「就是這裡吧。」

「這裡是什麼樣的地方？」

我對看不見的冬月解釋眼前的組合屋。

「該怎麼說呢，這個地方好厲害啊。」

「根本聽不懂嘛。」

冬月一邊笑一邊吐槽。

比起組合屋，眼前的建築物更像被棄置一段時間的倉庫。

組合屋上爬滿了綠色的蔓藤。雖然整間屋子有一扇大窗戶，卻掛上了窗簾，讓人無法看到屋內。門上用油漆胡亂寫著「煙火研究會」，還貼著褪色的隅田川煙火大會的海報。組合屋的周圍擺了一圈從二十公分到高度及膝的各式鐵筒。

聽我說明完眼前的景象，冬月開口的第一句話這麼說：

「話說驅同學在開玩笑嗎？」

「沒有開玩笑喔。我就只是說出我眼前看到的狀況。這裡可能是個魔窟耶，怎麼辦？要敲門嗎？」

「拜託了。」

我們屏住呼吸，敲了敲魔窟的門。

沒有回應，我又敲了一次。

「看來沒有人在呢。」

「這樣啊。」

當我們兩人轉身時——

一個背著釣竿、留著鬍渣的消瘦男子站在我們眼前。他問道：「有什麼事嗎？」

我們不禁驚呼一聲。

我不由得抓住冬月的袖子，冬月也緊緊抓住我。她緊閉著嘴脣渾身僵硬。

男人皺起眉頭用低沉的聲音說：「沒必要叫成那樣吧？」

冬月緊抓著我的袖子不發一語。不行，她的腦袋當機了。

「那個，請問您是煙火研究會的人嗎？」

「我是代表琴麥雄一……雖然只有我一個人就是了。」

他無精打采地打開組合屋的門，將釣竿塞進去。

「你們今天有什麼事嗎？」

「我們只是來參觀的。」

「那邊的女生呢？她眼睛看不見嗎？」

看到冬月的白手杖，學長粗魯地問。

「是、是的。」冬月終於能開口說話。

「就算眼睛看不見，還是對煙火感興趣。啊，就算看不見煙火也沒關係，享受聲音也是一種樂趣。」

只見學長閉上眼連連點頭，顯得相當認同。

就在這時，冬月突然問了一個出人意料的問題。

「請問這裡可以放煙火嗎？」

學長露出疑惑的表情。

「為什麼這麼問？」

「之前大學這邊好像有人在放煙火，我在想會不會是從這裡施放。」

我想起遇見冬月的迎新會那天看到的煙火。根據我的印象，那似乎是池塘附近施放的。

「我也很想試試看放煙火。」

「遠遠地和大家一起欣賞不行嗎？」

「可以的話，我想要在近距離放煙火。」

「那有困難喔～煙火是危險物品，在看不見的情況下接觸煙火很危險。」

學長這麼說著，捲起自己的袖子。他的手臂上有些燒傷的痕跡。那一定是被煙火燙傷的吧。他應該是想表達這種事真的很危險，只要看到那隻手就能明白。

然而冬月只是呆站在原地。

看到冬月的反應，學長發出「啊啊」的一聲放下手臂。

「怎麼了嗎？」冬月如此發問。學長有些冷淡地回答：「沒什麼。」

「你就說嘛。」

冬月打算繼續追問下去，琴麥學長卻已經轉過身去。

冬月似乎還想表達什麼，不過我對她說：「我們走吧。」兩人決定回到露天座位。

「剛剛發生什麼事了嗎？」

「什麼事？」

「你剛才一句話也沒說，所以我猜他是不是做了什麼動作。」

於是我向她說明剛才看到的燙傷疤痕。冬月聽完之後低聲說了句：「原來如此。」

「知道別人放棄對自己說明事情，實在會讓人感到很難過呢。」

冬月的口氣透露出她似乎有過幾次這樣的經歷。

眼睛看不見——據說人類有七成的資訊透過視覺獲得。像是眼神或肢體動作，人們可以僅憑那種看得見的資訊進行交流。如果有誰無法使用那些手段，其他人會認為無法與那樣的對象好好溝通，於是放棄交流。那的確是很令人氣餒的事也說不定。

「真不想放棄耶……」

冬月小聲說著，然後就像想到什麼一樣大喊一聲：

「對了！」

在綠意乍萌的小徑上，冬月滿臉笑容地轉頭望向我。她剛才還一副垂頭喪氣的樣子，現在卻突然破顏而笑，讓我吃了一驚。陽光穿過樹葉，照耀在冬月端正的臉龐上。我不由自主地心想，這張笑容真是太可愛了。

然而她接下來的話把我拉回現實。

「我們來放煙火吧！」

「我拒絕！」

一聽就知道很麻煩。

「咦……」冬月愣住了。

「你不覺得這樣很讓人不甘心嗎？」

我一點也不覺得，但是冬月仍然繼續說：

「對了！聽說淺草橋有家煙火專賣店。」

「我堅決婉拒。」

「看來只差一點了！」

「差什麼一點啊。」

「驅同學是個好人呢。」

「咦？妳把我當成同意去了嗎？」

冬月噗哧一聲笑了出來。

她笑完之後又擺出笑臉這樣說：

「你可是把書籤弄丟了喔。」

「咦……」這次換我愣住了。難道我陷入無法拒絕的局面嗎？

「那就麻煩你嘍。」

她再次展露笑容。

最後我屈服，低聲下氣地請示：「我們什麼時候去？」

3. 愛情

＊

月租一萬日圓的超便宜宿舍裡沒有冷氣。就算想要裝什麼設備，每層樓可使用的電力上限也很低，電流高一點就會導致跳電。

宿舍每個樓層都有一整排五坪的大房間，其中只要有兩個以上的房間同時使用電子鍋煮飯就會發生跳電。在這個宿舍裡，住宿生之間經常會互相交換「大約什麼時候會煮飯」這樣的情報。

當然，房間裡沒有浴室和廁所。不過有共用廁所，還有大浴場和淋浴間。大浴場只能在晚上的限定時間裡使用，而淋浴間則是隨時都可以使用。每個房間都配有單人床、書桌，還有冰箱。

而我們的房間裡，由於我對室內裝潢無感，鳴海甚至還幫我決定了床單的顏色。深棕色的地毯、炭黑色的床單和灰色的窗簾，全都是沉穩的配色。他還放置觀葉植物和裝設嵌燈，導致建築物外側看起來有如廢墟，屋內卻成為一個很有品味的空間。

早上七點。

當鳴海按下電子鍋的開關時，剛起床的我正拿著毛巾準備去淋浴間。雖然窗戶全開，昨晚沒有風，屋內悶熱難耐。不知是誰搞到跳電，導致電風扇也停了。

「你怎麼啦？」

他犀利的話語說得我內心一驚。

「……沒有啊。」

「抱歉。畢竟空野也是男人嘛。」

「你在取笑我嗎？」

「不過是在和女生見面前沖個澡就露出這麼純情的樣子，真是讓人羨慕。」

「你果然在取笑我。」

鳴海揮揮手否認。

「你喜歡她什麼地方？」

「我才沒有喜歡她。」

「哎呀，真可愛。」

「你就是在取笑我嘛！」

鳴海大笑著否認。

「冬月只是想找個人陪她。」

我先這麼說，然後姑且作個確認：

「你要一起來嗎？」

鳴海皺著眉頭看向我。

「唔哇，你這個膽小鬼。」

「吵死了。」

「膽小鬼膽小鬼膽小鬼。」

「吵死了吵死了吵死了。」

「不過我今天有打工啦。」

「你是上晚班吧？」

「你不是想跟冬月交往？一般來說別人都會這麼覺得吧。」

「咦？我們只是聊過天，而且我也沒有那種想法。」

「這樣啊～？」

「問題還是在眼睛上吧，我到現在還是不知道該怎麼應對她。應該說，我沒有自信像鳴海那樣互動得宜。」

「說什麼應對啊。」

鳴海罕見地以微帶慍色的聲音回答。

「抱歉，我這樣講不好。該怎麼說呢，就是能不能正常地和她相處。」

「只要你也表現得很正常不就好了？」

「我就是不懂怎麼樣才算正常啦。」

我不知道聊天時是否最好別提及她的眼睛，不知道是否該選擇方便對方走的路，不知道是否該用手靠著她；還是說應該把這些問題全部先提出來，確認她的意願。

趁著這個機會，我把在意的事情一股腦兒地問了出來。緊接著鳴海簡單地這麼回答：

「你直接問她不就好了？」

「我怕氣氛會變得很尷尬啊。」

鳴海搔著頭回答：

「我也有過經驗。那就是別人那麼客氣反而會很難受。」

*

離開宿舍後，我立刻去附近的便利商店買了熟食區的炸雞。剛才被鳴海喊做膽小鬼（註：原文中的膽小鬼與炸雞是同一個字）時，我就想吃這個了。

我吃著炸雞朝月島的方向走去。天空一片蔚藍，雲朵緩緩流動。走過相生橋時，我望向廣闊的水面。在隅田川注入大海的河口處，一條魚躍出水面。水面波光粼粼，閃耀著銀色的光輝。

我在故鄉下關看過的關門海峽海水流速很快，無論是好東西還是不好的東西，全都會被沖走，給人一種爽快的感覺。然而東京這片悠閒的海，讓我覺得彷彿留住了一切。原來啊。

就是因為如此，人們才會聚集於東京吧——我沉浸在這種毫無根據的感慨之中。

見面的時間是九點，我打算提早五分鐘抵達。

當我提議到公寓前接冬月時，她反駁說：「那樣不就不像約會了嗎？」我回答：「我們只是一起去買東西而已。」她就笑著說：「那就叫做約會啊。」最後，冬月堅持在相生橋的橋頭等我，完全不肯讓步。

我走在相生橋上，望向閃耀著銀光的大海，差點被海面的強烈反射光照瞎。當我眼睛痠痛地抬高視線，就看到冬月已經在橋頭等候了。

種在橋頭的樹木營造出柔和的樹蔭。和煦的陽光穿透樹葉的縫隙，灑落在冬月身上。她穿著白色襯衫與稍微透光的裙子，肩上掛著皮革包。在被強光照得模糊的視野中，靜靜站在那裡的冬月看起來透澈無瑕，讓我覺得她美得……令人倒抽一口氣。

「冬月，我是空野，讓妳久等了。妳等很久了嗎？」

這是約會時常見的臺詞，不過男女的角色對調了。

「我已經等兩個小時了。」

「那是妳的錯吧？」

「不對，是你的錯，騙同學。」

「開玩笑的啦。」冬月笑著說，然後催促我們出發。

「那麼，從這邊去月島站吧。」

「這邊是哪邊？」

「抱歉，是右手邊。」

通常我只要指一下方向，對方就能明白意思，但是這麼做不適用於冬月。

又或者是我走路時一直盯著她的側臉看，冬月也察覺不到。

『你不是想跟冬月交往？』

鳴海的話突然浮現在我腦海中。

和一個眼睛看不見的人交往。

我直覺地認為那會是很辛苦的事。

所以，我從來沒有把冬月當成戀愛對象。

我明白這樣的想法有多麼失禮。

可是啊，我所能給予的好意也許沒什麼價值吧。

我給自己找了這樣的藉口，良心感到一陣刺痛。

「你知道在哪裡嗎？」

「啊，嗯。」

「好期待喔。」

冬月這麼說著，突然間輕輕一躍。

——沒錯。她做了小跳步。

「咦？」

「怎麼了？」

冬月朝我的聲音轉過頭。

「妳可以小跳步啊？」

「驅同學應該也能閉著眼睛小跳步吧？」

看著冬月開心得令人驚訝的模樣，我不禁哈哈笑了出來。

「你笑什麼？」

冬月皺了眉頭，我趕緊說聲「抱歉、抱歉」，然後我們就出發了。

『我們一起放煙火吧。』

以賠罪來說，這個要求太過特殊了。

我們搭乘都營地鐵大江戶線，前往位於淺草橋的煙火專賣店。

我計劃先坐大江戶線到大門，然後換乘淺草線前往淺草橋。考慮到冬月的情況，我沒有選擇最短路徑，而是比較容易換乘的路線。

而我到今天才知道，即使是拿白手杖的人，在電車上也不一定有人會讓座。

正當我感慨世態炎涼時，一位老奶奶站起來打算將座位讓給冬月。

冬月露出笑容表示：「我站習慣了。」

我帶著冬月來到電車門邊的空間，自己則站在她的面前。

「謝謝你帶我過來。」

「哪裡，不用客氣。」

冬月默默地望著我。

「怎麼了？」

「我在想，驅同學真是個紳士呢。」

「哪裡紳士？」

「你特地把我帶到沒那麼擠的地方吧？」

「才不——！」

儘管她沒說錯，我還是想否認。

我正想發出聲音，冬月就已經笑了出來，害我錯過否認的時機。

面對冬月時，我都會莫名地感到害羞。

不知道純粹是因為她太美，還是她擁有我所沒有的性格，讓我心生尊敬。總之，每次看著冬月時，我的心跳就會不由自主地加快。

電車發出「喀登喀登」的行駛聲。每當以等距設置的地下鐵燈光從窗外照進來時，冬月的臉就會稍微被照亮。我提高音量，用不輸給電車行駛聲的嗓音詢問：

「我一直很好奇，妳為什麼想放煙火呢？」

「因為我從以前就很喜歡煙火喔。」

冬月甜甜一笑。

「可是妳現在眼睛看不見，這點就讓我很好奇。」

「煙火不只能用眼睛欣賞喔？」

「呃，是這樣沒錯啦。」

「『砰』的爆炸聲，飄散的火藥味，大家『哇～』地驚嘆。你下次試試看閉上眼睛欣賞煙火吧。一定可以讓你用全身去體會那種感覺喔。」

「那種欣賞方式太有格調，我就不用了。我只要蹲在地上靜靜觀看仙女棒就很滿足。」

「啊，仙女棒也不錯呢。要是那邊有賣，我們就買一點吧？」

「妳還真是喜歡這種東西耶～」

我對她的反應感到佩服。冬月則微瞇起眼睛，語氣柔和地說：

「以前我經常和家人一起去看喔。」

「看煙火？」

「我的眼睛還能看見的時候，會和媽媽和爸爸一起去看煙火。」

「所以是因為妳有那樣的回憶，才會想放煙火啊。」

當我如此表示理解時，冬月說：「對不起，我不是那個意思。」

「我是在看不見東西之後，才有想放煙火的強烈念頭。」

「什麼意思？」

「嗯，該怎麼說呢，就是想要努力做點什麼！」

「妳在說什麼啊？」

一頭霧水的我不禁吐槽。這時電車停在汐留站，乘客魚貫而入，車廂越來越擁擠，將我整個人往前推。

我和冬月一下子縮近距離。

「車裡是不是很擠？」

聽到冬月這麼問，我反問：「妳怎麼知道？」我心想她明明看不見，怎麼有辦法掌握車廂裡的狀況。

「喔，因為你的聲音靠過來了。」

冬月的臉就在我面前，那雙眼睛眨呀眨地。

「還好啦。」

「謝謝你保護我。」

她在幾乎能呼氣在我臉上的距離對我露出笑容。

在電車到站之前，我盡可能地屏住呼吸，努力不讓自己呼出的氣碰到冬月。

這段路程一般只需要三十分左右就能到達，但是因為冬月走得不快，大概花了一個小時才到淺草橋。

「累了嗎？」

「我沒事喔。」

「……我累了。」

「你說什麼？」

「我們走吧。」

冬月手持白手杖敲著地面，走在黃色的導盲磚上。我閉上眼睛，試試看自己能不能那樣走，不過立刻就作出不可能的結論。

「要往左轉喔。」

我已經事先調查好目的地。我拿著智慧型手機為冬月帶路。

正前方有名男子走了過來。他一邊看智慧型手機一邊走路，我隱約有種不好的預感。正當我大感不妙、準備拉住冬月手臂的瞬間，男人就猛然撞上冬月。

結果男子只瞥了冬月一眼就離去。

啥？

這下讓我火冒三丈了。

這傢伙撞了人，竟然只是瞥了一眼。

你難道沒注意到她的眼睛看不見嗎！

就在我差點破口大罵時，冬月緊緊拉住我的袖子搖搖頭說：「沒關係啦。」

「可是——」

「沒關係。」

——反正這種事經常發生。

冬月如此接著說。

「可是——」我實在氣不過，還想說些什麼。

「那個人不是拿著智慧型手機嗎？他一定在跟很重要的對象聯絡啦。」

冬月笑了笑。她笑著說：「你聲音都變得沙啞嘍。別那麼生氣嘛。」

為什麼冬月這麼堅強呢？

我感覺彷彿被訓了一頓，只能含糊地回答一聲：「我明白了。」雖然我不明白自己明白了什麼。

怒氣感覺逐漸散去。

與此同時，我也對自己險些喊出「她的眼睛看不見」這句話感到羞愧。

只因為一時衝動，我差點就脫口說出如此傷人的話。

看到冬月有些疲憊的樣子，我提議休息一下說：「要不要到咖啡廳坐坐？」

我們來到附近一家來自愛知縣的連鎖咖啡店。走進店裡時笑臉迎人的店員說著：「歡迎光臨～」帶我們到座位上。入座之後，另一位掛著笑臉的店員前來點餐。不過就在與那位店員對上視線時，我當場愣住了。

「早瀨？」

那是頭綁著三角巾，身穿圍裙的早瀨優子。

「咦？咦？你今天怎麼來了？」

早瀨瞪大眼睛。

「啊～小春～」

「啊，是優子啊。早安。」

聽到那個聲音，冬月微笑著回應。她的聲音變得比平時高了一階。

「空野同學和小春在一起啊……」

我對一臉彷彿了然於胸的早瀨交代：「冰咖啡和C套餐。」

「不用那麼急著點餐啦。」

「妳不是在打工嗎？」

聽到我這麼說，冬月便嘻嘻笑了出來。

早瀨只好說著「是是是」，寫起點菜單。

「你們今天要做什麼啊？」

「她說想放煙火。」

當我如此回答，早瀨就疑惑地反問：「煙火？」

會有這種疑問也很正常。

「優子要不要也來放煙火呢？」

「咦～我也想放！你們打算什麼時候放？」

「是什麼時候放啊？」問題不知為何被丟給了我。

「咦？這問題要問我嗎？」

冬月將手輕靠在嘴邊，溫柔地笑著。她的笑容讓人心跳加速。

「我們今天是來買最壯觀的煙火。」

我對幹勁十足的冬月吐槽。

「她說預算有一百萬。」

「可別小看冬月財團喔。」

「咦？」「真的嗎？」

我和早瀨同時喊出聲，冬月則哈哈哈笑了笑。

這種與平時無異的對話讓早瀨驚訝地瞪大眼睛。

「話說你們關係是什麼時候變得這麼好的？」

「我們的關係看起來很好嗎？可是空野同學不是經常一臉不開心的樣子嗎？」

「不，現在他的嘴角可是翹得很高喔。」

早瀨這傢伙竟然扭曲事實。

「是這樣嗎！讓我摸摸看你的臉！」

「我不要！別再說那些了，趕快點餐啦。」

雖然我不太明白她為什麼想要摸我的臉，更重要的是不能讓早瀨一直待在這裡。

「不好意思，我看不見菜單。」

當我幫她看菜單時，早瀨就推薦了冰奶茶。不知道是不是所謂的愛知風格，店家非常慷慨，這種奶茶給的分量大概是一般的兩倍。

「這麼大一杯，妳喝得完嗎？」

我指著菜單上的照片，但是冬月給了我一張疑惑的表情。

我說了聲抱歉，接著又換來另一張疑惑的表情。

「啊，抱歉。」

……就是這樣啦。

每次用錯應對方式都讓我感到尷尬。我不喜歡這樣。

「熱奶茶就是正常大小了喲。」

聽到早瀨這麼說，冬月微笑著表示：「那麼就點那個吧。」

之後早瀨拿著我們點的東西過來，她還招待我水煮蛋。桌上擺著咖啡、奶茶、厚厚的吐司、抹吐司用的奶油和紅豆泥，還有水煮蛋。我對她道謝，早瀨則揮手要我們慢慢享用後就走了。

冬月緩緩朝桌子伸出手。

「奶茶在妳的正前方喔。」

我一邊塗抹吐司上的奶油一邊說，她回答：「我沒問題喔。」只見冬月慢慢地觸碰杯子的托盤，將手指穿過杯子的把手，雙手慢慢地捧起杯子，啜飲了一口奶茶。她吐了吐舌頭說：「好燙。」

「要小心喔。」

「很好喝呢。」

冬月嘿嘿嘿笑了笑。那樣的她……該怎麼說呢……感覺好犯規。

為什麼呢？我明明不曾和冬月發生「目光相會」這種事件，然而有時候我仍然會覺得我們對上了視線，每次都讓我胸口緊繃、緊張不已。

我專心地在塗滿奶油的吐司上抹紅豆泥，不知不覺間紅豆泥堆成了一座小山。

「冬月，妳不吃嗎？」

「不用、不用。你別在意，我沒關係喔。」

「要不要嘗一口？」

「你要餵我嗎？」

「不要。」

「小氣鬼。」

「那妳今天午餐怎麼辦？」

「其實我不太喜歡在會被人看到的地方吃東西。」

「啊～我曾經聽說很多女生都是那樣。」

「呃，那種——」

她話說到一半，便「呵呵」一聲露出笑意。

「那種被當成女孩子的感覺，還真讓人開心。」

看到冬月的笑容，我不禁有些害羞，只能大口咬著吐司來掩飾。在我吃完吐司之前，冬月的臉上一直掛著微笑。

就是這樣啦。

那個笑容有夠卑鄙。

「欸。」

我下定決心開口說。

我感覺現在應該可以了，提出之前一直很在意的某個問題。

「如果妳不想說，我不會勉強妳——」

離開咖啡連鎖店後，我們兩人一起逛了煙火專賣店。

店裡陳列各式各樣的手持煙火，還有至少五十公分長的家庭用大型煙火，真不愧是專賣店，品項很齊全。

我們逛了幾家店，只要是冬月想要的我都買了。結果買了不少，塞得塑膠袋沉甸甸的。

「真的可以請你幫忙帶回去嗎？」

「沒問題。反正說不定可以在大學放，那麼擺在宿舍比較近。」

「謝謝你。」

我們在淺草橋的煙火批發店前聊了一會兒，之後為了不妨礙其他客人，便移動到行道樹下方。

「欸，什麼時候要放煙火啊？」

身旁的冬月看起來高興得就像要跳起來似的。

「話說回來，在大學放煙火需要獲得許可嗎？」

冬月在我身旁大聲地說：「我們問問優子吧。」我本來想說：「我知道妳很開心，不過還是先冷靜下來吧。」可是看到她仰望天空、眼睛閃閃發亮的模樣後，我只能把話嚥回去。

「那麼，既然煙火也買好了，接下來要去哪裡？」

「咦？你願意繼續陪我約會嗎？」

「就說這不是約會……」

「開玩笑啦。先不說那些，煙火很重吧？我感覺對你的負擔已經相當大了，今天我就先乖乖回家吧。」

我的一隻手提著滿滿剛買來的煙火。她大概察覺到這點了。

「帶著這麼多煙火走來走去，確實可能會被警察以攜帶危險物品為理由攔下來。」

「我難道會被當成共犯嗎？」

「以這種情況來說，冬月應該是主謀吧？」

「真是的，你老愛開這種玩笑。」

冬月發出銀鈴般的笑聲。能逗笑冬月，讓我莫名地感到很開心。

「那麼，要不要搭水上巴士回去？」

「水上巴士？」

我的老家就有與對岸門司港接駁的渡輪，沒想到東京也有那種水上交通手段。

據冬月所說，有從淺草出發，行經隅田川航行到東京灣台場的水上巴士，她以前坐過。而且從這附近可以搭乘那種水上巴士回到月島附近，所以她非常想坐坐看。

妳能坐船嗎？

我差點就這麼問出口，不過還是忍住了。

即使眼睛看不見，也應該可以坐船吧。感受船隻劃過水面的聲音、感受風，那或許也是一種享受乘船的方式。

「等等，我查一下。」

我拿出智慧型手機搜尋乘船地點，發現碼頭其實就在附近。

「啊，過了藏前橋後，兩國那邊有個碼頭。看起來船會開到大學附近。」
冬月露出笑容說：「謝謝。」我問她：「謝什麼？」
「我覺得你好溫柔，還會幫忙查資訊。」
由於她這麼一笑，我變得沒辦法正視她的臉。
「不不不，這很普通吧？」
「能把這種事說成普通，就代表你已經擁有溫柔檢定二級證照了喲。」
「那是什麼證照啊？」
我帶著呵呵笑著的冬月，前往水上巴士的碼頭。
我們邊走邊嬉鬧，很快就抵達那個地方。接著在水上巴士服務處買了票，然後從服務處後面的登船處登上水上巴士。
水上巴士的登船口設在船尾，設有通往船內的向下斜坡和向上樓梯。斜坡通往的船艙內擺著成排的座位，走上樓梯後應該能看到可以一覽隅田川的觀景甲板。
「妳要走哪邊？」聽到我這麼問，冬月毫不猶豫地回答：「觀景甲板！」
為了爬上狹窄的船梯，我必須先走在前面牽起冬月的手。
「驅同學的手真的很溫暖呢。」
「別廢話了，要是踢到腳會很痛喔。」
看起來無憂無慮的冬月呵呵呵笑著。

觀景甲板上沒有座位，而是圍著正方形的扶手。

其他乘客似乎都進入船艙，我們幸運地獨占整個觀景甲板。

「好了，妳前面腰部高度的地方有扶手，抓著那裡吧。」

船隻發出「嘟嘟嘟」的低沉引擎聲。我感受到船身似乎正隨著水波微微搖晃。

我引導冬月站到甲板前方面對船頭的位置，讓她握住扶手。

「謝謝你。好期待喔～」

「看來妳真的很期待坐船呢。」

「是很期待啊。沒想到你竟然還願意陪我來坐船。」

「喔，要是妳──」

這麼說到一半，我停了下來。

要是妳不嫌棄，我隨時可以奉陪。

我意識到自己差點下意識說出這樣的話，不禁歪了歪頭。是我想要和她在大學以外的地方見面嗎？還是我想要和冬月有更多的交流呢？

我不知道。我完全摸不著頭緒。

這時，我不經意地望向前方，隅田川一整片的遼闊河面映入眼中。

盛夏降雨後的潮溼水氣裡混入了石油的氣味，應該是船隻燃料的味道吧。

儘管有點難聞，隅田川的水面倒映著天空的藍色，讓我純粹地感受到景色好美。

「風景漂亮嗎？」

冬月的聲音傳來，我這時才意識到自己一直沒有說話。這段沉默讓我想到眼睛看不見的冬月無緣目睹倒映這片天空的水面，不禁為她感到惋惜。

「對喔，妳看不見這片景色呢。」

「雖然看不見，我很開心喔。我還看得見的時候，應該在同個地方看過這片景色。剛才回想起了那時的畫面。」

「那時候是什麼樣的景象？」

「嗯～好像是陰天。」

「今天是大晴天，天色很藍喔。那種藍色倒映在水面上，看起來很美。」

冬月轉過身來面向我。

「你好體貼喔。還會告訴看不見的我這些不用說也知道的事。」

「畢竟我今天得到了溫柔檢定二級證照嘛。」

我這麼說完，冬月便哈哈大笑起來。

就在這時，船內播放起出航的廣播。

「要抓緊扶手喔。」

「包在我身上。」

冬月一隻手鬆開扶手，比出握拳的手勢。我忍不住吐槽：「就說要抓緊扶手啦。」惹得冬月又笑了出來。

水上巴士以比我想像還要快的速度劃開隅田川的水面前進。強風迎面撲來，引擎轟隆作響。船隻隨著自己製造的波浪緩緩地左右搖晃，偶爾還有小小的水花飛濺起來打在臉頰上，讓人感覺很舒服。

「這種風真的很舒服呢。」

「是啊。謝謝你帶我坐船。」

水上巴士在寬闊的隅田川上前進。兩岸樹立著高樓大廈，時不時還可以看到河邊公園的綠意。太陽高掛天空，船隻穿過橋梁，又從高速公路的高架橋下經過。

我將所有川流而過的景色全部說給冬月聽。將眼中所見和心中所感，全都以冬月能聽懂的方式說明。

「哦哦！」

「怎麼了嗎？」

「我們前面的橋上側面寫著永代橋這幾個字，那應該叫做永代橋吧。可是它比其他橋還要矮，可能會撞到頭，快蹲下！」

冬月抓著扶手蹲了下來，我也跟著蹲下。永代橋隨後從頭頂上方經過。

「抱歉，那座橋沒有我想得那麼矮，根本不會撞到頭。」

我們蹲在地上面對彼此，發現雙方的臉比我想像得還要近。

「你在說什麼嘛。」

冬月一臉笑嘻嘻的樣子。看到她這麼開心，讓我心生下次還要再來的念頭。

原來如此，是這麼回事啊。我突然明白了。

人們應該很容易受笑口常開的人所吸引吧。

我覺得她好了不起，竟然能在眼睛看不見的狀況下笑得如此開心。

不知怎麼回事，冬月在我眼裡看起來十分閃亮耀眼。

冬月的笑容近在咫尺。水上巴士分開水面，發出嘩啦嘩啦的巨響，我的心臟也怦通怦通跳個不停。冬月身後的水面在陽光的照射下，閃閃發著光。

一股害羞的感覺湧上心頭，讓我移開視線站了起來。

「到東京灣了嗎？」

眼前是一片廣闊的海面，空氣中泛起海水的味道。

「差不多快到了吧。」

「不過從這個角度看不到大學就是了。」

船隻打了左舵，應該快要抵達越中島了。

就在那個時候。

水上巴士撞上波浪，船身微微晃動。冬月差點要站不住，我連忙伸出一隻手扶著她的肩膀。冬月的肩膀好柔軟，簡直就像抱著棉花一樣。

「呀！」

「啊，抱、抱歉。」

我為自己突然碰觸她道歉。

冬月表示自己沒事，然後這麼說：

「真的好開心呢。」

看見冬月在自己的懷裡這樣笑著，我的心臟不禁猛跳一下。

♪

「我回來了～」

回到位於月島公寓四十六層樓的住家之後，我脫口說出：「玩得好開心喔！」我沿著扶手從玄關開始數起，來到第二扇門的自己房間。

離開咖啡廳後，我和驅同學一起逛了好幾家淺草橋的煙火店。

即使走得筋疲力盡，最後甚至還要他陪我坐水上巴士，他讓我整天都笑得很開心。

我摸索牆壁找到開關，打開電燈。就算房間的燈亮了，我在視覺上也無法辨識。

這只是一個習慣。一想到房間的燈被打開，就隱約有種回到家的感覺。

「歡迎回家～還沒吃飯吧？」

媽媽的聲音傳來。

「我回來了～今天吃什麼？」

「我打算做天婦羅。」

「太好了！」

走了一整天，肚子已經餓得咕嚕咕嚕叫了。

我會像正常人一樣肚子餓。

儘管會覺得飢餓，我就是不喜歡在他人面前吃飯。

當然，在家裡吃飯時，我不需要別人的幫助。媽媽告訴我料理的位置後，我會摸到盤子的位置，將食物送進嘴裡。

雖然已經習慣了，一想到可能會弄髒嘴角，就不由自主地感到在意。

而且在驅同學面前時，我會更加在意這種事。

「約會成功了嗎？」

「妳怎麼知道我是去約會？」

「妳不是比平時更用心化妝，還換了好幾套衣服嗎？」

我會依循自己的臉部構造和記憶來化妝。利用手指上的布料質感和媽媽教我的搭色方式，自己給自己換衣服。雖然最後還是會請媽媽幫我確認，我有辦法妝點自己。

今天我比平時更加用心。

為了讓驅同學看到更好的我，我比平時更早起床。應該說，我是自然醒的。

我洗了個澡，花費很多時間進行準備。

我並不覺得這樣很麻煩。

倒不如說，一想到能讓他看到自己更美好的一面，我就雀躍無比。

僅僅是準備工作就讓我這麼愉快，實際見到驅同學之後會有多開心呢？

我的心中有股這樣的感覺。

「妳的臉一直笑笑的呢。」

媽媽笑著說。

看來我因為想到和驅同學的約會，不自覺地翹起了嘴角。

一股羞澀感湧上心頭，我只好用「我才沒有在笑～」這種話敷衍過去。

我們找到許多連驅同學也沒見過的煙火。那些煙火長什麼樣子，上面寫了什麼說明與註釋，驅同學全都一一為我作了說明。最後他還因為說太多話，嗓子都有些沙啞了。

我覺得那就是他體貼的地方。

雖然不過是一場不到半天的短暫約會，

他能抽出時間來陪我，就已經讓我開心得不得了。

驅同學偶爾會用非常溫柔的聲音說話。

那種語氣就像深怕傷害到我。

「如果妳不想說，我不會勉強妳。」
當他這麼說的時候，我如此感覺。

妳的眼睛看不見，感覺生活應該很不方便。
妳有辦法出門喔？
世上有些人會說出這種話。
雖然很遺憾，就是有這樣的人。
儘管如此，我想這代表失明的人很少見。
大家覺得我還不習慣看不見的狀況。
對於那樣的人，我想說：「沒什麼啦。」
確實，當知道自己失明時，我很震驚。
這是會隨著時間的過去而漸漸習慣，漸漸接受的事。
我有辦法吃飯，有辦法洗澡。
既能使用智慧型手機，也能透過有聲書閱讀書籍。
化妝和打扮都沒問題，連裙子也會穿。
因為導盲磚不好走，我沒辦法選細跟高跟鞋。
可是我仍然能穿靴子和涼鞋。

其實我過得意外地普通。

儘管有很多事情無法獨立完成，總會有辦法解決。

真的不行的時候，我學會老實向人求助。

也因此與某些人建立了良好的關係。

所以，我希望大家不要那麼擔心。

即使是看不見的我，也有很多想做的事情。

然而人們總認為我過得很辛苦。

被當成生活很辛苦的人，與我保持距離。

那是最讓人傷心的事。

這麼一想，驅同學就不同了。

「那個，看不見是什麼樣的感覺？眼前是一片黑暗嗎？」

他試著理解我。

我發出「嗯～」的聲音時，他立刻就猶疑地說：「如果真的不想說也沒關係。」害我忍不住笑了。

「大家都以為會是一片漆黑，可是我的情況相反。」

「相反？」

「感覺就像在接近白色的透明霧氣中吧。」

「哦～」

又出現「哦～」了。那是他的習慣嗎？真可愛。

他會發出「哦～」，認真地思考該怎麼回應，我覺得那種態度很不錯。

「下一個問題我也不強求，妳不想回答也沒關係。」

「不會，儘管問吧。」

「妳的眼睛是從什麼時候開始看不見的？」

小學六年級的時候，我被發現得了癌症。

醫生說我的腦中有一個小指甲大小的腫瘤。

第一次手術很快就完成了，讓我懷疑地想著：「就這樣結束了？」

可是——

國中三年級時，檢查發現癌症轉移了。

病灶出現在兩隻眼睛的視網膜上。

我面臨了抉擇。

摘除雙眼。

或是保留眼球，然後動手術與做化療。

我選擇保留眼球，做了手術，又做了化療。

那段時間住了一陣子醫院，沒能參加畢業典禮。

「化療真的很辛苦。不但會讓頭髮掉光，腦袋也昏昏沉沉，記憶變得很模糊。」

我隱約有種想向驅同學傾訴一切的想法。

所以全部說出來了。

「在那之後，我失去了視力。學習點字、努力讀書，然後花了四年的時間取得高中學力證明。其實我比驅同學大一歲，你得尊敬我喔。」

我說出一切，最後還開了個玩笑。無法忍受沉重氣氛的其實是我。

那是一次很需要勇氣的坦白。之後我偶爾會後悔，覺得當時或許不該說自己比他還要大一歲。驅同學淡淡地「哦～」了一聲，繼續用溫柔的語氣提問：

「冬月，妳的生日是什麼時候？」

「三月二十八日。」

「我是四月二日。沒差多少嘛。」

妳不過比我早出生五天，用平輩說話的口氣就夠了。

驅同學這麼對我說。

妳很辛苦吧。

妳很努力呢。

我不是想要被人用那樣的話同情。
我不是想要讓人覺得自己可憐。
我只是想要與他人對等地談話。
我覺得驅同學是真正理解這點的人。
就是這樣。就是這種感覺。
這份溫柔讓人無法抗拒。
「驅同學～」
「嗯？」
「你很溫柔呢。」
我這麼說完，驅同學連忙以沙啞的嗓音否定。
那種慌張的聲音好可愛。
我喜歡他那種地方。
喜歡他理所當然似的默默關心我。
喜歡他溫暖的手。
喜歡他尖細的聲音。
喜歡他逗樂我的樣子。
喜歡他的溫柔。

要是能看到他的臉就好了，這讓我有點遺憾。

我一定會——即使見到他的臉，也一定一定會喜歡上他。

我喜歡驅同學。

可是……我的心中突然冒出一個念頭。

我害怕坦白自己的愛意。

他會不會其實很討厭殘障人士呢？我這麼想著。

驅同學不是那樣的人。

儘管我這麼想，還是會感到強烈的不安，感到強烈的恐懼。

然而——

要是我的眼睛能看見，又會如何？

要是我的身體健全，又是如何？

即使如此，我果然還是會害怕。

這樣啊。

告白本來就是這麼可怕的事。

我不禁開心地放鬆臉頰。我好高興能明白這種事。

好開心。即使身體變成這樣，我還是能嘗到戀愛的滋味。

驅同學是怎麼想的呢？他會不會向我告白呢？

是不是由我主動告白比較好呢？萬一被拒絕的話該怎麼辦？

即使交換了ＬＩＮＥ，驅同學也沒有主動聯繫過我。

呵呵。我笑了出來。

好開心、好開心、好痛苦。心臟就像要炸開了。

我開心得不能自已，難受得不能自已。

「……驅同學。」

心中充滿各式各樣的亂糟糟情緒，我哭了。

＊

老實說我曾經遇過一件事，差點讓我立刻搬離那個租金只要一萬日圓的超便宜宿舍。

雙人房、經常跳電的斷路器、房間沒附浴室和廁所，我已經克服那些微不足道的問題。

那麼，問題是什麼呢？

划艇訓練。

那是被加油添醋說成延續了百年之久，自黑船來襲時期就存在，所有住宿生都得強制參加的訓練。

住宿生必須早上五點到晴海碼頭集合，登上被稱為划艇的小型船隻。然後在朝陽昇起之前，一直喊著「嘿呀喝呀」的口號拚命划槳，不停地在東京灣岸邊來回繞圈。據說有的人會划到手起水泡，有的人會划到屁股的皮被磨破，是一種時代嚴重錯誤的習俗。

這一切都是為了讓住宿生在六月初的校慶中舉辦划艇體驗活動。

這個划艇體驗活動，是將原本兩人一組、總共六排的槳手減少到三排，剩下的座位給校慶來賓乘坐。划艇會從被越中島、月島和豊洲圍繞的三角海域出發，穿過春海橋，然後繞一圈回來，是校慶中最受歡迎的活動之一。

首先在槳手減半時，他們所承受的負擔就已經難以估算。再加上乘船的來賓，船隻將會沉重得像在鉛海中划船。參加者必須在六日兩天的校慶期間裡，從早上十一點到下午四點，每小時划一次，一天總共四次。即使中間穿插午休時間，也仍然是超越苦行的地獄。手臂、肩膀和腰部絕對都會痠痛無比。據說如果能夠撐過一連串的地獄，就能讓體型更加健壯。然而對健美身材沒有興趣的我來說，豈只會因此退宿，甚至還會讓我認真考慮要不要躲回老家從此不再出門。

然後時間來到大學校慶當天。

我已經快要撐過最後一趟了。真虧我能堅持到這步。

終於要脫離這個地獄了……我如此帶著安心感，進行最後一次划船。

旁邊是隨著划船次數增加，身材越來越健壯的鳴海。前面座位則坐著兩位身穿救生衣，面帶笑容的女性。

「驅同學，加油！」冬月這麼喊著。

「喂！我們是不是往右偏啦？」早瀨這麼說。

為什麼這兩個人會在這裡。

「空野！加油啊！」鳴海大喊。

「是你用力過頭了啦！」

「呀！」冬月輕叫一聲。

「冬月，妳沒事吧？會不會害怕？」

她的眼睛看不見，這樣沒問題嗎？我還是會感到擔心。

可是當事人說：

「超級好玩喔！」

加油，加油，驅同學！加油，加油，驅同學！

這傢伙興奮得讓人傻眼。

「妳怎麼開心成那樣啊？」

「海水的味道和風都讓人家覺得很舒服嘛！這教人怎麼不開心呢！」

水花濺起。臉頰上傳來冰冰涼涼的觸感，強烈的潮水味撲鼻而來。

細小的水珠在光線的照射中閃閃發亮。

冬月就在那裡。笑容滿面的冬月就坐在那裡。

不知道為何，那個笑容深深吸引了我。

「就是啊、就是啊！大海可是男人的浪漫！如果這樣還不讓人熱血沸騰，那什麼才讓人熱血沸騰！」

鳴海大喊「嘿呀——！」，將船槳抬出海面，再猛力推動槳桿。我也做著相同的動作。我們在「喝呀——！」的口號中使盡渾身的力量將槳桿拉向自己。入水的船槳快速划動分開海水，獲得推進力的划艇隨即往前推進。

冬月隨著划艇的慣性前後晃動，笑著說：「好厲害喔～」

熱血沸騰的程度達到百分之百的鳴海大喊著「嘿呀——！」，我對他的衝勁很傻眼，同時無奈地跟著喊。

「等到這場活動結束，我就要退學回老家種菜……」

我一講出這種像在立死亡旗標的玩笑，就聽到冬月說：「你要退學嗎！」眼前的純真少女被唬到了。

「小春，不是啦。不能跟著那種白痴玩笑起舞。」

早瀨從剛才就一直緊緊握著冬月的手，而且臉色顯得很蒼白。

「喂喂喂，早瀨（喝呀——！）好嗎？」

「你說什麼啦！」

大概是我關心她的話被鳴海的「嘿呀——！」蓋過去，早瀨一臉不爽地反問。

「早瀨！妳還（嘿呀——！）」我的聲音又被鳴海蓋過去了。

「什麼！」

「喝呀——！」鳴海你好吵。

「我問妳還好嗎！」

「（嘿呀——！）好！」又被蓋過去了。

鳴海的聲音從剛才開始就很大，一直蓋過我們的對話。

我讓船槳與海片保持平行，向坐在船尾擔任舵手的前輩提議：

「有人暈船，我們放慢速度吧。」

聽到「全員停止划槳！」的號令，大家都舉起船槳停止划船。

「謝謝。」早瀨表示。

「你真體貼耶。」冬月這麼說。

「抱歉、抱歉，我太興奮了。」鳴海說。

划艇緩緩前進。從海面上看，月島的高層公寓似乎更加高聳。陽光灑落海面，讓海水像晃動的鏡子般閃閃發光。微風輕輕拂過，冬月按住頭髮沐浴在風中。

不知不覺間，那樣的冬月讓我看得出了神。意識到這點時，我感到羞赧不已。一想到自己是無意識這麼做，臉頰就燙得簡直要噴出火。

「你知道嗎？」

冬月微微瞇起眼睛，溫柔地笑著說：

「聽說校慶每次都會在最後放煙火呢。」

「我是校慶執行委員，所以想拜託你到時候陪一下小春。」早瀨說。

「我晚上七點要上夜班。」鳴海說。

……竟然在經歷這場地獄後還要去打工，他腦袋裡的疲勞傳導神經都死光了嗎……

「好吧，我來陪妳。等一下在合作社的露天座位那邊等我。」

「我知道了！」

不知道是不是我的錯覺，冬月看起來似乎很開心。

「話又說回來，我們還沒放買來的煙火耶。」

「就是啊。早知道校慶會放煙火，就不用買那麼多了。」

「什麼跟什麼嘛。」

我無奈地笑了笑，早瀨打趣地說：「有什麼關係，反正這樣就能和小春約會啦。」

鳴海隨即補上一句：「這家伙可是出門前還特地洗了個澡呢。」

「是來真的耶。小春……妳可要小心喔。」早瀨邊說邊半瞇著眼瞪向我。

「要小心什麼？」冬月一臉疑惑。

「我說真的，別開這種玩笑啦。」

我想要用生氣掩飾過去。就在這時，划艇突然晃了一下。

「呀！」早瀨驚慌地尖叫一聲。

全船的人都被早瀨的那聲「呀！」逗得竊笑連連。

「大家別笑啦。」

儘管早瀨害羞地這麼說，反而更好笑了。

划艇沐浴在夕陽之中，船頭直指大學而去。隨著大學逐漸接近，我們開始聽到無法辨別歌詞的歌聲、吉他聲、鼓聲，以及人群興高采烈的歡呼聲，應該是某個翻唱樂團的演奏吧。

*

如果過度使用肌肉，該不會不用等到隔天，肌肉當天就會痠痛吧？

我的手臂不停地顫抖，腰部痛得彷彿隨時都會斷掉。握力弱得連寶特瓶的瓶蓋都打不開，雙腿想站也站不穩，渾身上下疲憊不堪。

或許是一直待在水面上，總感覺地面似乎不斷在晃動，走起路來格外困難。我拖著沉重的腳步，走向經常待的那個的露天座位。

不知為何，一旦意識到將會和她「單獨見面」，我就開始感到緊張。

『我還有校慶執行委員的工作。』『我晚上七點有班。』

當早瀨和鳴海這樣說的時候，我的腦袋停住。因為整個人開心得不得了。換句話說，應該是那麼一回事吧。不，肯定就是那麼一回事。

是從什麼時候開始的呢？是從剛才看到冬月開心的樣子時開始的嗎？

還是更早之前呢？

我對於能和冬月「單獨見面」感到雀躍不已。

附設露天座位的學生合作社前只有零星幾個人。校慶的會場位於正門附近的大草坪上，那裡目前正在進行最後的活動，也就是浴衣選美大賽。可以聽到早瀨以麥克風放大的聲音，她大概是主持人之類的吧。竟然還跑去當校慶執行委員，我開始尊敬起這位和我完全相反的人物。

冬月待在老地方，喝著她常喝的奶茶。在這片逐漸染成橘色的世界裡靜靜地等待著我。

看到冬月的那個瞬間，我的心跳猛然加速。我按著胸口對她說：

「抱歉，等很久了嗎？」

「不會～沒關係。我沒有等多久喔。」

「奶茶都冷掉了吧？」

「紙杯裝的嘛，冷得很快。」

這裡正吹著以初夏來說有點寒冷的風。

遠處的浴衣選美大賽爆出一陣歡呼，早瀨活潑的聲音迴蕩在夕陽之中。

「驅同學？」

「嗯？」

「我還以為你走掉了。」

「因為我消除氣息了嘛。」

「你好壞喔。」

我們進行一如往常的對話，兩人一起笑了出來。我喜歡這樣的氣氛。

冬月小聲地說：

「好想穿浴衣啊。」

「冬月財團的浴衣應該很貴吧。」

「以前媽媽穿的浴衣上有一條文殊蘭花紋的腰帶，我好想穿穿看喔。」

「那妳就該去參加浴衣選美嘛。」

「我嗎？」

「要是冬月去參加，絕對可以拿第一名。」

「如果我參加浴衣選美，你會投給我嗎？」

「當然啦。」

「請你認真回答。」

冬月突然嚴肅起來，聲音中帶有一絲緊張。

「我當然會投給冬月嘍。」

「就算我的眼睛看不見也會嗎？就算如此，你也會選我當第一名嗎？」

冬月的聲音在顫抖。

她以微弱得幾乎要消失的聲音這麼說。

我第一次看到如此不安的冬月。

「浴衣選美跟身障有什麼關係嗎？」

她想聽到的應該不是這種正論吧。話說出口之後，我突然不安起來。

不可能完全沒關係。任何人都會這麼想。人不可能對所有事物都抱持平等的態度。

就算妳是這個樣子——

「就算如此，我也不會管那麼多，會把票投給妳喔。」

冬月的臉看起來紅紅的，是因為夕陽的關係嗎？

「那聽起來就像——」

——就像告白呢。

冬月如此調侃我。那種調侃方式真是太狡猾了。

「不對、不對，我單純是指妳的長相很漂亮啦。」

「長相？」

看到那麼端正的臉龐對我露出愣愣的表情，讓我不禁有些不好意思。

「不對不對不對，我單純是指妳這樣的大小姐好像很習慣穿浴衣啦。」

「胡說什麼啦～」冬月笑著說。夕陽的餘輝照在她的身上，讓她看起來閃閃發光。

回過神時——

「好喜歡喔。」

我已經低聲說出這句話。

咦——冬月露出有如時間被暫停的表情。

我慌張地企圖掩飾：「我是說妳真的好喜歡煙火喔。畢竟妳經常對煙火念念不忘嘛。」

冬月輕輕一笑，眼睛朝向天空。

「我在想，如果我們能自己放煙火，那應該會很棒吧。那天一定會變成值得紀念的日子，可以當成一生的回憶。」

冬月就像在想像天空中那些她看不見的煙火。

「上次一時衝動買了一堆煙火，那些煙火真的很重呢。」

「它們現在就堆在房間角落，充滿恨意地靜靜待在那裡喔。」

「如果學校要在校慶放煙火，真希望他們先說一聲耶。」

「什麼時候說？」

「嗯～開學典禮之類的時候吧。」

「各位新生，恭喜各位入學。雖然現在說還太早，我們會在校慶的時候放煙火喔——像這樣嗎？」

我邊笑邊說，惹得冬月嬌嗔一聲：「討厭啦。」然後跟著被逗笑。

抬頭望向天空，發現天上已經出現烏雲，冷風刺骨地吹來。

『那麼，這場浴衣選美大賽！最美麗的優勝者是——！』

早瀨的聲音從遠處傳來，激起一片歡呼聲。

我們靜靜地聽著。

我和冬月在這股悠閒的氣氛中，交換著「明天優子的嗓子會啞掉吧」、「大家真的很努力呢～」這類說過就會忘掉的對話。

兩人聽著遠處的聲音，度過一段平靜的時光。

然後，狀況急轉直下。

雨滴點點打落。四周霎時漫起雨水的氣味。

緊接著，雨聲很快就變得十分猛烈。

煙火被迫取消，我們倆只好共撐一把傘，回到冬月的公寓。

道別之時，在公寓底下。

那天被傘遮住的我，第一次和冬月接吻了。

4. 文字焼

＊

月島有一條聚集了許多文字燒餐廳的「文字燒街」，街上經常飄著醬汁的香氣。那裡離宿舍很近，我一直想去，卻始終沒有機會，最後甚至忘記月島的文字燒很有名。

就在與冬月接吻的隔天，我來到月島的文字燒餐廳。

初嘗接吻滋味的我不知道該如何在心裡整理昨天發生的事。經過一番煩惱之後，只能找鳴海商量。鳴海默默聽完我的話說：「我們去吃文字燒吧～」

我們走進的文字燒餐廳是一間鐵板前有六個座位的小店，店內座無虛席。我們運氣很不錯，剛好在前一批客人離開後找到位子。

周圍客人都是大人，讓人心裡忐忑不安。以我這種上了大學，但是基本上都只會窩在宿舍裡的室內派大學生來說，和朋友外出用餐就像是一場小型冒險。

「話說回來，關西人不是不吃文字燒嗎？應該吃大阪燒才對吧？」

我坐在沒有靠背的圓凳上看了看菜單。菜單上沒有大阪燒，只有一整排的某某文字燒。

坐在對面的鳴海熟練地用鐵鏟切碎炒好的高麗菜。看到這樣身形剽悍的男子在鐵板面前揮舞鐵鏟，讓人覺得他簡直就像夜市裡的小吃攤老闆。

「我媽是群馬出身的，我是關西和關東的混血兒，家裡經常做這道菜。」

「那算哪門子混血兒啊。對了，群馬算關東嗎？」

「你這是在挑釁日本半數的人。」

鳴海狠狠瞪了我一眼。我隨口應付回去：「趕快做你的文字燒啦～」

鳴海將以伍斯特醬調味的文字燒麵糊倒進鋪成甜甜圈狀的高麗菜堤防裡。油和水的噴濺聲滋滋作響，伍斯特醬的香氣四溢。

看起來好好吃。

就在我這麼想時，店門發出嘎啦嘎啦的聲音，被人推了開來。

一名女性獨自走進來，那個人是早瀨。

她也是和朋友一起來的嗎？

正當我這麼想的時候，鳴海立刻舉手喊道：「這邊、這邊！」

早瀨邊說「抱歉～讓你們久等了～」邊坐到鳴海旁邊的靠牆座位上，然後熟練地向店裡的阿姨點了杯烏龍茶。

「這是怎麼回事？」

鳴海先生，請你解釋一下。

我以眼神送出這樣的質問，他卻說：「等一下嘛！現在才是重點。」然後拆掉高麗菜堤防，把文字燒攤平在整個鐵板上。

鐵板上的文字燒滾滾沸騰，不斷冒出蒸氣。

「再煎三分鐘後，就可以用小鏟子戳起來吃了～」

早瀨看著鳴海的動作，沉吟了一聲。

「你很熟練呢～可是關西人不是不吃文字燒嗎？」

「我剛才說過了。」

我一說出這句話，鳴海便無視我的吐槽，擺出一副「問得很好」的表情。

「我媽是群馬出身的，我是關西和關東的混血兒啦。」

「那算哪門子混血兒啦，哈哈哈。」

早瀨笑得前仰後翻。

「話說群馬算關東嗎？」

「那個我剛才也說過了……」

這難道是鳴海的拿手笑話（註：原文是「鉄板ネタ」，鐵板在這裡有「一定（會很好笑）的意思）嗎？一想到我是在文字燒的鐵板前想這種事，就不禁笑了出來。

來吧，鳴海，像剛才對我時那樣暴怒吧。我期待地看著鳴海。

緊接著——

「我媽的老家真的超級偏遠。」

「喂。」

不是挑釁日本半數的人嗎？

正當我要這麼說的時候，文字燒店的阿姨拿來早瀨的飲料。

「乾杯！」早瀨和鳴海舉起玻璃杯，碰了碰我的飲料說。

「差不多可以吃了～」

我用小鏟子鏟起一面煎得焦脆的文字燒，將熱騰騰的文字燒放進嘴裡，結果燙到了舌頭。醬汁的香氣穿過鼻腔，高麗菜的鮮美滋味在嘴裡擴散開來。

「感覺很好吃耶。」當我這麼一說，早瀨也露出驚訝的表情表示：「咦，好吃耶。」

「是吧～」鳴海一臉開心的樣子。

「對了，空野同學是哪裡人？」早瀨問道。

「本州最西邊。」

「下關那邊很少吃文字燒吧？我記得那邊的是在瓦片上烤蕎麥麵？」

「那是什麼東西？」早瀨問。

「瓦片蕎麥麵。」

「看到照片的時候真是笑死我了。他們竟然在瓦片上烤抹茶蕎麥麵。」

鳴海用智慧型手機找了圖片給早瀨看。

「真的耶。為什麼會在瓦片上烤蕎麥麵啊？」

「因為造型很適合導熱啊。我的老家那邊家家戶戶都一定備有瓦片。」

早瀨佩服地說：「那就跟土鍋一樣嘛。」

用瓦片烤蕎麥麵的鄉土料理確實存在，不過家家戶戶都有瓦片只是個玩笑話。看到真的相信這個玩笑的早瀨，笑容油然而生的同時心想土鍋和瓦片哪裡像啦。

「啊～你在騙人吧！」

「當然是開玩笑的啦。別說這個了，趕快來吃文字燒吧。」

果不其然，早瀨識破這個謊言，鳴海則笑著開始吃起文字燒。

在那之後，我們先享用正常版的文字燒，接著是加入點心麵的文字燒，還有放了明太子、麻糬和起司的超好吃明太子麻糬起司文字燒，每一道都被我們吃得精光。

雖然我本來是為了討論冬月的事才來文字燒餐廳，在早瀨也在場的情況下，我變得不知道該如何起頭才好。

我就在錯失時機的情況下說著：「超好吃、超好吃。」一邊吃個不停，接連將桌上的文字燒一掃而空。

「空野，你還好吧？」

鳴海一臉憂心地詢問。

「沒事、沒事。」

「你吃太多了啦。」

早瀨則是傻眼地說。

也許是因為太好吃了，我竟然把一大堆食物都塞進肚子裡，平時的我絕對不會吃那麼多。其他兩位都已經吃得很飽了，我卻表示要再吃一份。

結果就因為得意忘形吃太多，導致肚子太撐很痛苦。

「那麼，差不多該讓我們來聽聽你跟冬月的事了吧。」

或許是看出我遲遲開不了口，鳴海主動提問，然而我的肚子狀況實在沒辦法講話。

「先讓我……休息一下……」

我跟店家點了烏龍茶。

「我可是聽說可以聽到有趣的話題才來的，結果看來要變成單純的文字燒聚餐了。」

一手拿著烏龍茶的早瀨笑著說。

我接過續杯的烏龍茶猛灌下肚，卻發現烏龍茶的味道怪怪的。

「這個……該不會是酒吧？」

我沒喝過酒，可是這杯烏龍茶有種消毒用酒精的氣味，還有點苦苦的。

店裡的阿姨這時一臉慌張地跑過來說：「不好意思，你拿到的是不是其他客人的烏龍梅酒？」隨即換上另一杯烏龍茶。

「空野同學，你沒事吧？」早瀨擔心地說。

「我沒事。」

「你的眼神越來越呆滯嘍？」鳴海笑道。

可能是因為一口氣喝掉半杯飲料吧。

思緒明明很清晰，我卻感覺宛如置身於夢境之中，眼前的景物搖搖晃晃，就像隔著拿不穩的攝影機鏡頭俯視著自己。這就是醉酒的感覺嗎？

哈哈哈，我莫名其妙地笑了出來。

「糟糕，這下子不就沒辦法談冬月的事了嗎～」

「沒關係、沒關係。我可以說。」

「讓他醉一點也許比較好喔。」

鳴海如此說著，直直地望著我。

「那麼，差不多該講講你和冬月發展到那一步的經過了吧？」

「我不是講過了嗎？」

「你只說：『我和冬月接吻了，你覺得該怎麼辦？』這樣根本沒辦法給建議啊。」

「唉呀～不知道該說是我親她，還是她親我。」

「別廢話了，快點講啦！」

早瀨看起來對這件事充滿了興趣。

＊

校慶的煙火秀因為下雨取消了，我們決定在露天座位旁的樓梯底下避雨。然後此時我的腦中浮現出兩個選項。

繼續在這裡避雨。

或是冒雨送冬月回家。

當然，大腦告訴我送冬月回家是正確的。

我的內心卻說想再和她多待一會兒。

露天座位這邊的氣溫也急遽下降，現場變得很冷。而我們兩人都沒帶傘。

就在這個時候。

冬月打了個可愛的噴嚏。

我們商量著是不是先回宿舍，然後我決定邀請冬月到我的房間。

我把自己穿的襯衫披在冬月身上，兩人手牽手一起走。到達宿舍時，我們都已經被雨淋成落湯雞，趕緊用浴巾裹在身上。

「妳淋得很溼呢。還好吧？身體擦乾了嗎？」

「我沒事喔。謝謝你的毛巾。」

「那個，有件事不太好開口……」冬月說。

接著又說：「我的衣服有沒有什麼地方被雨淋到透出裡面？」

冬月將垂在背後的長髮拉到前面，露出了頸脖。我明白她的意思應該是要我檢查她的衣服。明白歸明白，我還是不小心看了一眼。

薄薄的白色襯衫被雨打溼變得透光，可以看見穿在裡面的背心。

露出的頸脖與透明的背心映入眼簾，讓我幾乎要動起歪腦筋。

我試圖保持冷靜，苦惱著該如何告訴她。如果我說「裡面的衣服透出來了」，她一定會感到驚慌吧。

「沒事，沒有透出來啦。不過妳看起來很冷，還是把毛巾披在肩膀上吧。」

我把毛巾掛在冬月的肩上。

……氣氛好尷尬。

冬月坐在我的床上。

當然，我從來沒有和女性單獨待在這種小房間裡的經驗。

儘管是我邀請她來，卻感到莫名地緊張，注意力一直被牆上時鐘滴答作響的秒針吸引過去。我彷彿聽到自己的心臟也跟著秒針的節奏，怦通怦通地跳動。

不知道過了幾分鐘的沉默，冬月先開口說：

「這裡是驅同學的房間嗎？」

「對、對呀。我和鳴海住在同一間。妳坐的是我的床。」

「這是驅同學的床嗎？」

冬月這麼說著，身體躺了下去，臉還埋進枕頭裡。我可以看到她那條裙子底下又長又白的腿。

「那個，這樣我會看到內褲，所以……」

冬月猛然坐起身，同時按住裙襬。

「…………」

沉默。尷尬。自己的心跳聲好吵。

「看到了嗎？」

「我看到之前就提醒妳了吧？」

「你好色。」

「就說我沒看到啦。」

「就信你一次吧。」冬月這麼說著，又笑了。

她真的很愛笑。

「真可惜呢。」

「就說我沒看到啦。」

「啊，我是說煙火。」

誤會讓我的臉變得十分滾燙。我覺得丟臉到快死了。

「明年還會再放。那好像是校慶的例行活動。」

「好想加入那個社團喔。校慶放的煙火很有青春的味道。可是我總覺得會被拒絕呢。」

「要不然我們一起加入？」

「咦！可以嗎？」

「沒什麼問題啊。」

「那就約好嘍。」

冬月這麼說著，將臉轉向窗戶。我問她：「怎麼了？」她回答：「你不覺得雨聲變小了嗎？」經她這麼一說，從窗戶看出去的雨勢確實變弱了。

於是我們決定趁現在送冬月回公寓，離開了宿舍。

況且，我快要撐不住了。

如果再和她獨處下去，我覺得自己會忍不住壓倒她。

看著冬月踩在地毯上赤裸的腳，我不知道吞下多少次口水。即使理性勉強占上風，內心卻怦通怦通地想著，如果有什麼契機，搞不好真的會發生什麼。

我讓冬月進入我的傘下，兩人一起走在雨中。因為白手杖這時候不太好用，冬月改成抓住我的手臂。

我們就像在玩兩人三腳競走一樣，步行在街燈底下。

薄霧般的細雨飄進傘內，打溼了我的臉頰。

旁邊是帶著笑臉的冬月。冬月身上洗髮精的香味混入雨水的氣味之中。

為了轉移注意力，我唸起南無阿彌陀佛，但是我記得的經文就只有「南無阿彌陀佛」六個字。於是我改成默背圓周率，可是背到小數點後八位就已經是我的極限，轉移注意力的效果撐不到三秒鐘。

「對、對了，妳買的煙火要怎麼辦？」

「等到夏天的時候，找大家一起來放吧。」

「妳晚上可以出門嗎？」

「沒什麼問題喔。我們不就是在晚上的迎新會遇到的嗎？」

「說得也是。那麼到時候就找鳴海和早瀨吧。」

「不錯喔。」冬月開懷地笑了起來。

「驅同學——」笑完之後，冬月有些難以啟齒地繼續說。

「驅同學，你有女朋友嗎？」

「女朋友？」

「對。」

「咦？沒有啊。」

我這麼說完，冬月好像鬆了一口氣。

「太好了。」

她這樣說。

……這是什麼意思？

「什麼意思？」

「咦？欸？咦？沒有，就是那個啦。因為一直受到驅同學的照顧，我在想如果你有女朋友會不太好意思～畢竟你現在還讓我抓著手。」

「什麼嘛。」

這句不經意脫口而出的話，讓冬月困惑地問：「『什麼嘛』是什麼意思？」

「咦？啊，咦？沒有啦，是那個啦，那個。」

我差點就說出：「我還以為冬月喜歡我。」

「咦？欸？咦？」

從剛才開始，我們兩個就一直在發出怪聲。

這樣下去沒完沒了。

我用「我很不會應付這種玩笑」這種話敷衍過去。

臉紅通通的冬月似乎生氣了，用輕咬一般的力道輕捏我的手臂。

「你好壞。」

「很痛耶。」

「我覺得這樣剛剛好。」

冬月似乎突然有了什麼想法，小聲地說：

「好。」

她輕呼一聲，彷彿在鼓舞自己。

「怎麼了？」

「你知道即使眼睛看不見，還是有看見別人臉的辦法嗎？」

「看見臉？」

冬月破顏一笑。

「用手摸摸看，就能看見對方的臉長什麼樣。」

「意思是要我讓妳那麼做？」

我們來到冬月的公寓前。

我與冬月面對彼此。冬月說著：「可以嗎？」輕輕觸碰我的胸口。接著她的指尖直接往上滑，碰到我的臉龐。冰冰涼涼的小手包覆著我的臉頰。

「可以再蹲低一點嗎？」

「這樣嗎？」

就在我這麼說著、蹲下身體的瞬間，嘴唇就感受到溫暖的觸感。眼前是閉著眼睛的冬月臉龐。冬月那柔軟的嘴唇貼在我的唇上。

我們接吻了。

意識到這個事實時，我的心臟跳得幾乎快要炸開了。

一秒、二秒、三秒過去了吧。

冬月發出小小的一聲「嗯」，移開嘴脣。

「驅同學——」

「——你很不會應付這種玩笑嗎？」

冬月如此說道，我的心跳快得有點痛。

我一句話也說不出口，整個人僵在原地。冬月則是說了聲晚安，抓住斜坡的扶手。

怦通怦通怦通，心跳聲好吵。

我只能看著冬月的背影小聲地說晚安，目送她離去。

嘴脣上還殘留著觸感。我聞到自己的脣上有甜甜的氣味，那是冬月的脣膏香味吧。

＊

「之前發生了這樣的事。」

我把大致的經過講完，鳴海就睜大瞳孔碎碎唸：「該死的現充爆炸吧。」

早瀨則趴在桌上用假關西腔大喊：「這跟我想的不一樣！」

「為什麼不是空野同學主動啊！」

「呃，就算妳這麼說……」

「算了、算了，總之先冷靜下來吧。」

早瀨猛然抬起頭瞪了我一眼。

「不對，這時候應該由男方說『我喜歡妳！』吧。」

「別激動、別激動。現在這個時代不是提倡不分性別嗎？空野也有他自己的做法嘛。」

「再說了，你竟然把人帶回房間卻什麼都沒做……」

「我不可能做什麼吧？」

「為什麼啊？」

「因為她的眼睛看不見嘛。」

這句話大概刺激到早瀨，只見她激動地說了一聲：「啥？」

「就因為她有身體障礙，所以你無法接受嗎？」

「啥？不是啦！」

我確實想過那樣的問題，可是我覺得不該由早瀨說出口。

「你們兩個都冷靜點！」

鳴海制止我們，不過就他的聲音最大。吼聲傳遍整家店，引來周圍所有人的視線。意識到這點的鳴海連忙低頭致歉。

「空野先說。」

「我覺得冬月她啊……」

「嗯。」

早瀨雙手抱胸，一臉不悅地靠在牆邊。她用低沉的聲音回應我。

「因為看不見啊……」

「嗯。」

「所以會害怕。」

「嗯？」

「什麼意思？」早瀨反問我。

「呃，就像妳突然被人摸一下，應該會很害怕吧？更別說要是我突然靠過去，那會嚇死她吧。」

說到這裡，就看到早瀨的眼睛瞪得大大的，接著「哈哈哈」地拍著手笑了起來。

「喂，妳笑得太誇張嘍。」鳴海這麼說。

「太純情了吧？」早瀨則這麼說。

早瀨一直「哈哈哈、哈哈哈」地大笑。原本雙手抱胸、沉默不語的鳴海也忍不住「噗」的一聲笑了出來，肩膀不停抖動。

「你們在嘲笑我嗎？」

「沒有、沒有。」「沒有啦、沒有啦。」

兩人同時否認，接著對看一眼後又嗤嗤笑了起來。

「你們就是在嘲笑我嘛！」

聽到我這麼一說，兩人更是捧著肚子笑個不停。我真心期盼你們下地獄。

「我姑且問一下。」

早瀨這麼說。

「你喜歡小春哪一點？」

「不告訴妳。」

「哦～果然是臉蛋嗎？還是身材吧。真下流。這種男人根本配不上小春。」

「才不是咧。」

我仰頭把飲料杯中剩下的烏龍茶一飲而盡。

「冬月啊……她不是一直在笑嗎？」

「嗯？」

早瀨撐著桌子，用溫柔的表情看著我。

「如果我哪天眼睛看不見了。」

「嗯。」

「我覺得自己會沒辦法像她那樣樂觀。」

「我懂。」

「我呢——」

「嗯？」

「我的父母離婚了，但是我就是無法那麼樂觀。」

「這樣啊。」

「明明不是我造成的，腦袋卻總是充滿貶低自己的想法。」

「是這樣啊。」

「我經常在意別人的臉色，相比起來冬月就自由多了，讓我覺得她好厲害啊～好像她擁有我所沒有的一切似的。是她教會我一個人幸與不幸，取決於自己的心態。」

「是啊。」

是不是因為酒精的關係，我脫口說出了心裡話呢？現在的我已經覺得無所謂了。

「我就是喜歡她嘛。」

早瀨吹著口哨調侃我。

我則不管她。

「我覺得人還是要看內在。」

我這麼說完，早瀨就用一副很溫柔的表情看著我說：「我懂。」

「小春啊，從我們第一次見面開始，每天都打扮得漂漂亮亮，還會以想放煙火為理由拉著空野逛街，而且每堂課都會去上喔。她從不以視力的問題為藉口，而我有時還會賴床呢。她真是太厲害了。」

或許是想起冬月的臉，早瀨望向了遠方。我隱約覺得早瀨心中浮現的冬月表情，一定是一張笑臉吧。

「所以，儘管這有點難以解釋，該怎麼說呢。她對自己很誠實且為人正直，和我完全相反，所以我能理解那種憧憬。小春真的很帥氣呢。」

我能體會早瀨努力想傳達冬月有多麼厲害的那種心情。

我也深受那種不找藉口，想做什麼就去做的態度所吸引。

早瀨應該也是被那樣的態度打動吧。

緊接著，鳴海拍了下膝蓋。

「好，去告白吧。」

如此說道。

「不，那就有點……」

「為什麼啊！按照順序，接下來不就應該是告白嗎！」早瀨說。

「……為什麼啊。」

當我這麼反駁。

「門檻果然太高了啊～」

鳴海就嘆了口氣。

「不是那樣啦。」

「你真的喜歡她嗎？」

早瀨煽動著我。

「當然啊！」

「我知道這種事需要很大的勇氣。畢竟她的眼睛看不見。」

鳴海做作地重重嘆了口氣。

「就說不是那樣啦！」

「你真的喜歡她嗎？」

早瀨又在煽動我。

「什麼？好啦，我去告白。」

「什麼時候？」早瀨追問。

「什麼時候嘛……」

「那麼你現在就預演一次當練習，我幫你錄影。」

「……練習？」

「對啦、對啦，看來你只是嘴上說說，小春太可憐了。」

腦中彷彿響起血管爆開的聲音。

我仰頭舉起自己的玻璃杯，然而裡頭已經空了。我把冰塊倒進嘴裡，發出「喀啦喀啦」的聲響嚼碎後吞了下去。接著我站起身，用足以在店內製造回音的巨大音量大喊：

「大家聽著——————！」

店裡所有人都轉過頭來看我。

好奇的眼神、眼神、眼神。

我退縮了一下，不過已經不能收手了。

「我在這裡有個重大宣布！」

我感覺自己就像以前向早瀨告白的那個輕浮男生。

店內靜了下來。所有人都用吃驚的眼神望著我……正當我這麼想的時候，有一桌剛好將文字燒放到鐵板上，滋滋的煎煮聲與醬汁的香氣傳了過來。雖然我知道這樣很遜，我不能收手了。

「我，空野麴……」

「啊，吃螺絲了。」早瀨吐槽。

「吃螺絲了啦。」鳴海也吐槽。

我本來想把這個當成一生一次的告白，受到酒精影響咬字不清的嘴巴卻讓我吃了個大螺絲。鳴海和早瀨那兩個混帳都擺出「你吃螺絲了啦」的表情，讓我瞬間覺得好丟臉，好想哭出來。

不管了，我說。我說就是了。

「我空野驅，最～～～～喜歡冬月小春了！我想要和她交往～～～～～～～～！」

所有聲音霎時消失，寂靜籠罩現場。

然後——

唔喔喔喔喔喔喔喔喔喔喔喔喔喔喔喔喔！

掌聲和歡呼聲此起彼落，我被如雷的掌聲包圍。

真是年輕呢！

有人跟著起鬨。

和我交往吧！

還有人莫名其妙趁亂告白。

「這樣總可以了吧？」

面前的鳴海一臉茫然。

「是、是啊。你還真有魄力耶。」

早瀨操作著對準我的智慧型手機，發出「嗶」的聲音，然後「呵呵」輕笑一聲。

接著她似乎想到了什麼，將螢幕拿給我看說：「我傳給小春了。」

「什麼？」我望向早瀨舉著的螢幕，上面顯示「已向『小春』傳送一個影片檔」。

咦？咦？

我揉了揉眼睛，再看一次螢幕。

已向「小春」傳送一個影片檔。

然後，上面多出「已讀」的標記。

「真的假的？」

「是真的。」

早瀨這麼說著，「哇哈哈哈哈」地大笑起來。

有沒有搞錯啊！我氣憤不已，早瀨卻「哇哈哈哈哈」地不停狂笑。

鳴海笑了，店裡的人們也笑了，真希望地上有個洞可以鑽進去。

於是，在那之後——

不管等了幾天，冬月都沒有回覆我。

5. 鋼琴聲

◎

「這個小白點，是惡性腫瘤。」

當醫生如此說明時，我覺得好像在聽跟自己無關的事。

因為除了些微的疲勞和頭痛，我的身體狀況並沒有那麼糟糕。

或許是因為腫瘤只有小指甲那麼大，手術很快就結束了。

我做了一次不需要開刀的簡單手術，手術很快就成功了。

什麼嘛，原來這麼輕鬆。我以為整件事就這樣結束了。

幾年後，發現癌細胞轉移了。

「我們來做化療吧。」

醫生的一句話，成了地獄的開始。

為了抑制癌細胞增生，我在自己身上注射猛藥。

雖然停止了壞細胞的增生，也減緩了正常細胞的活動。

這樣會怎麼樣呢？

首先是出現嚴重的噁心感和腹瀉。

頭髮脫落。
讓我在室內也戴起毛線帽。
漸漸地，我失眠了。
可能是因為失眠，頭腦昏昏沉沉的。
記憶也開始混亂，這種狀況似乎叫做化療腦。
我連昨天或幾天前的事情都想不起來。
咦？我剛剛在想什麼事？思緒無法集中，讓人心情焦躁。
漸漸地，那種感覺也日益稀薄，我開始無法思考。整個人化為無。腦袋一片空白。
可是，我偶爾會突然感受到強烈的不安，每天一個人以淚洗面。
那很明顯是憂鬱症的症狀。
為什麼只有我得遭受這樣的痛苦呢？
我詛咒了命運。
詛咒了自己。
然後開始覺得不如就這樣去死算了。
只要拿毛巾圍住脖子。
只要從屋頂跳下去。
只要割破手腕。

只要咬斷舌頭。

我幾乎每天都在想著要怎麼死。

可是家人不容許我有那樣的想法。

活下去。活下去。

我只能承受那樣的願望。

你能想像嗎？

比起要自己死，希望自己能活下去的期盼竟然會如此痛苦。

原來如此。這就是——

這就是所謂的生不如死啊。

*

自從傳告白影片給冬月之後，我到現在都還沒有收到冬月的回覆。

不僅如此，我已經整整一星期沒有見到冬月了。不是因為害羞而不敢靠過去，也不是感到尷尬而避開，而是連遇都沒遇到。

鳴海和早瀨似乎也一樣，我們頻繁地聯絡彼此。

優子 【那天之後有人聯絡到小春嗎？】

潮 【我聯絡不上。】

空野 【我也是。】

即使發訊息給冬月，她也沒讀。

理所當然地，電話也沒接。

無論是發ＬＩＮＥ還是打電話，都聯絡不上她。

她連大學也沒來。

到底發生什麼事了？

深不見底的不安襲向我。

冬月沒有出席星期一的第一堂課。平常的那個露天座位上也沒有任何人。

露天座位冷冷清清，就好像冬月小春這個人從未存在過。

我獨自坐在露天座位上，邊看流動的雲朵邊喝著瓶裝汽水。

甜甜的碳酸在舌尖上彈跳，流入喉嚨。

在星期一的第一堂課結束後，我們倆總會在合作社的露天座位上打發時間。

我一直覺得這樣的日子會持續下去。

我在喝著略多加糖的奶茶的冬月旁邊，享用還不到午餐時間的學生餐。兩人閒話家常，冬月笑著。

我隱約覺得這樣的日子會持續下去。

「冬月，妳到底在哪裡？」

『我不是說過自動販賣機就像俄羅斯輪盤嗎？我喝不了碳酸飲料，要是喝到碳酸飲料，喉嚨就像有火在燒一樣。』

對了，她說過不喜歡喝碳酸飲料。

我一邊回想那些事，一邊望著流雲。

蔚藍的天空中只有一朵棉花糖般的雲，緩緩地從右邊飄向左邊。遠處傳來鳥兒的叫聲，穿過校園的女性愉快地說著話。

「唉，好想聽到她的聲音。」

我不自覺地脫口說出這樣的話。隨後慢慢意識到自己說了什麼，羞恥感湧上心頭。

為了逃避那種情緒，我拿出智慧型手機打開ＬＩＮＥ。

空野　【今天會來學校嗎？】

昨天發送的訊息還沒變成已讀，是被無視了嗎？還是被封鎖了？負面的想像從腦中不斷湧出，喉嚨好像有東西哽住似的。呼吸很困難，心臟好痛，胸口整個糾在一起。

「這是什麼感覺？是失戀嗎？」

不過我覺得並非這麼一回事。

我感覺冬月發生了更嚴重的狀況，有一種不祥的預感。

所以我想見她。

我想見到她，然後親眼確認。確定她沒有消失。

就像從來沒有存在過，重要的人突然消失了。

我的父親也是這樣。不知何時就突然消失，不見蹤影。

彷彿有人對我說：「既然這個人對你如此重要，我就奪走他吧。」搶走了深藏在我心中的東西。

這是什麼懲罰嗎？我到底做錯了什麼？

「……想必我前世一定犯了很重的罪吧。」

如今的我只能歸咎於前世或命運，那類自己無法掌控的事物。

感覺快要哭出來，我不禁垂下頭。

「早啊。」

正當我凝視著柏油路上的螞蟻時，聽到了早瀨的聲音。

抬起頭來，早瀨正站在那裡一臉灰暗。

「早瀨，妳還好嗎？」

看到她的樣子，我反而開始擔心起來。不知道是她的妝沒化好，還是黑眼圈太重，整張臉看起來宛如病厭厭的熊貓。

「感覺有點意外，沒想到妳會這麼消沉。」

「你覺得我看起來很堅強嗎？」

「像妳這種積極主動的人，確實看起來很堅強。」

「別看我這樣，其實我的心靈很柔軟。」

的確，早瀨的站姿看起來就像缺少脊椎骨似的軟趴趴。

「小春果然不見了呢。」

搞不好冬月之後會突然跳出來笑著說：「讓你擔心了嗎？嘿嘿。」早瀨也許抱著這種一絲絲的希望，我能理解那種想法。

「會不會是因為我傳了奇怪的影片啊？」

「哪裡奇怪？」

「就是拿別人的告白開玩笑。」

「喔，妳是那個意思啊。」

早瀨大概還不習慣身邊的人突然不見吧。而我已經習慣周圍的大人們來來去去，所以沒有像早瀨那樣心情沉重。

不，那是騙人的。

更正。冬月不見了，我好難過。

「到底怎麼了啊。」

即使這麼問，也只能得到「誰知道呢」這樣的回答。

「…………」

「…………」

對話接不下去。

「關於期中考啊……」我硬是擠出話題。「早瀨，妳能從學長、學姊那裡拿到期中考的考古題嗎？」

「大部分都能拿到啦。」

「給我拷貝一份吧。我請妳吃合作社的點心。」

「好啊。」

照理來說她應該會吐槽這種交換條件太便宜了，然而早瀨顯然心不在焉。

她聽不懂玩笑話，是因為腦子被「擔心冬月」的念頭塞滿了吧。只見早瀨盯著地面看著螞蟻的隊伍，一臉呆滯的模樣。

就在這時——

「空野！」

是鳴海的聲音。

鳴海邊跑邊揮舞著手。他的身材魁梧，看起來就像橄欖球選手，校園裡的人們一見到鳴海就趕緊避開。要是撞上他，那不會是「碰撞」，而是接近「被輾過」。

鳴海將手撐在膝蓋上喘著大氣，「呼、呼、呼」地平復呼吸。

「怎麼了？」

「你幹嘛跑啊？」早瀨提問。

「呼、呼，我是從月島……衝過來的。」鳴海斷斷續續地透露他的狀況。

看來他是從月島站全速跑過來的樣子，距離大概有一公里吧。我認為道路交通法最好限制他這種肌肉發達的人在人行道上奔跑。

正當我想開這個玩笑時——

鳴海說出完全出乎我意料的話。

「我找到冬月了。」

聽到鳴海這句話的瞬間，我和早瀨對看了一眼。

「在哪裡？」

「她住進一間可以從新富町走路到達的大醫院。」

聽到「醫院」這個詞，我不由得背脊一涼。

腦中浮現冬月的過去。

癌症，轉移，住院。

不會又出什麼事了吧，腦子裡瞬間發熱。

我想見她。那種情感占據了我的全身。

「謝謝你。我馬上過去。」

「我也要去。」

早瀨這麼說，緊緊抓住我的襯衫袖子。

「鳴海，你呢？」

「抱歉……我有一堂不能缺席的必修課。」

「沒關係，我們去就好！」

這麼說著，我們已經跑了起來。

「知道地方在哪裡嗎！」

我回頭朝著在身後呼喊的鳴海舉起智慧型手機。

「沒問題，我會看地圖！謝了！」

「注意安全啊！」

我全速狂奔，直到自己喘不過氣。喘不過氣時就換成快步走，然後再次全速狂奔。側腹痛了起來，嘴裡有血腥味。肺部也在痛。不過那又怎麼樣。都無所謂。我只想比別人更快一步、更早一刻見到冬月。

*

從月島站到新富町只有一站的距離，我猶豫是否要搭地鐵，最後還是決定用跑的。比起走下樓梯等電車，跑步過去比較快。

我們剛奔跑沒多久，穿著高跟鞋的早瀨就說著：「你先走吧。」先行退出，剩下我一個人繼續跑。

在佃大橋上，我看到了那家大醫院。

大概是跑了兩公里的路，我已經累得氣喘吁吁。那座宛如要塞的醫院由低層建築與高層建築構成，看起來非常豪華。

好厲害，還有空中花園。

不愧是都會區的綜合醫院。

當我踏進一樓，聞到的不是醫院的氣味，而是咖啡的香氣，緊接著院內的奢華氣氛讓我感到驚訝不已。這裡有散發剛才那陣香氣的綠色咖啡連鎖店、餐廳，甚至還有畫廊，簡直就像一間高級飯店。我感到自己與這裡格格不入。

高級到這種地步，甚至讓我不禁想像服務臺的人會不會也穿得像飯店服務人員。不過實際上那裡還是一般醫院的服務臺。

「那個，不好……意思，可以……麻煩一下……嗎？」

「好、好的。請問是初診嗎？」

我氣喘吁吁地問著，讓服務臺的櫃檯小姐有點嚇到的樣子。

「這家醫院裡，有個叫冬月……冬月小春的人嗎？」

櫃檯小姐的表情變得越來越疑惑。

「我們不方便提供個人資料……」

「拜託妳。我最近聯絡不上她。」

我拚命地說著。我知道自己說的話很蠢，可是就是停不下來。我想知道。我希望她告訴我。我想見她。我想見冬月小春。

「……就算您這麼說……」

一位看似櫃檯小姐上司的人物帶著假惺惺的笑容走了過來。

一看就知道，那是應對可疑人物用的笑容。

「怎麼了嗎？」

「對不起，沒事了。」

沒事什麼啊。不過我還是轉身先離開服務臺。

我明白自己做的事情有多麼突兀。我當然明白。

就在這時——

地面變得搖搖晃晃。

我好像有點缺氧，眼前一片白茫茫的。站不住的我坐在大廳裡的椅子上，垂下了頭。上次這麼認真地跑步是什麼時候的事呢？

「叮咚」的電子音響起，院方廣播了號碼「一百零七號」。

我本來盤算著，如果一直坐在大廳裡，也許會聽到冬月的名字被叫到，看來這家醫院並不會報名字，無論我垂著頭坐在這裡多久，應該都不會聽到冬月的名字。

「到底跑去哪裡了啦。」

我拿出智慧型手機打開ＬＩＮＥ。

果然，昨天發送的訊息還是沒有變成已讀。

冬月、冬月、冬月。

腦海裡充滿了冬月的身影。

「空野同學！」

在我之後，早瀨也來到醫院大廳。

「妳坐電車來的嗎？」

「不，我招了計程車。」

早瀨的表情很嚴肅，讓我感受到她急著趕過來的心情。

「所以呢？小春在這裡嗎？」

「我在服務臺問過了，他們不肯告訴我。」

「笨蛋，那不是廢話嗎！不過也是呢。這樣啊。」

早瀨露出一副彷彿下定了決心的表情。

「我們只能自己找了。我去隔壁的舊館找，找到了就通知我。」

這麼說著，早瀨走向了舊館。

在那之後，我就在醫院內搜索冬月的蹤影。這家醫院是一棟十二層樓的建築。為了不引起懷疑，我儘量不四處張望，而是裝出一副「我知道自己要去哪間病房」的樣子逐層搜尋。

每當爬上新的樓層，便能聞到消毒水那種獨特的氣味，讓我確認這裡的確是一間醫院。

最有可能的地方是眼科吧。我尋找有沒有拿著白手杖的人，結果沒有看到。

冬月、冬月、冬月。

腦海裡一直充滿著冬月的身影。

早瀨還沒有聯絡我。

到底在哪裡啊！

我越來越焦急。

就在我來到小兒科的樓層，心想她應該不會在小兒科，正打算回頭時——

「♪」

鋼琴的聲音響起。柔和的旋律填滿醫院的走廊，那熟悉的音色讓我的心臟怦然加速，腦中浮現出冬月彈奏鋼琴的側臉。

那應該是所謂的兒童遊戲室吧。牆壁貼著粉藍色的壁紙，地板鋪著黃色和綠色，看起來很柔軟的拼接地墊。牆上的架子上陳列著許多玩具和圖畫書，大概有十個孩子在裡頭。還有三位女性，大概是他們的媽媽，正憐愛地注視著自己的孩子。在那個兒童遊戲室裡有一架直立式鋼琴，琴鍵的一端靠著一根白手杖。

心臟猛跳一下。

冬月正在演奏鋼琴。她用上全身流利地彈奏著，長髮隨著動作輕輕搖曳。

這首曲子是什麼來著？我記得是教會常常演奏的曲子。

「何～等恩友慈仁救主～♪」

清脆柔和的歌聲傳來。那是宛如專業歌手般充滿穿透力的歌聲，孩子們也跟著唱了起來。聽到冬月的聲音，我感覺到一股安心感從腳尖湧到頭頂，差點雙腿一軟癱在地上。

見到她了。終於見到她了。

太好了。太好了。

她沒有不見。沒有消失真是太好了。

「何～等權利能將萬事，來到耶穌座前求♪」

冬月似乎完全沒察覺我的情緒，依舊用清澈的歌聲悠然地唱著。

她未免唱得太好了吧。

「哈哈，哈哈。」我小聲地笑了出來，視線變得模糊。雙眼一熱，淚水打溼了臉頰。

我拿出智慧型手機向早瀨報告。

空野【找到了。】

優子【哪裡？】

空野【小兒科的兒童遊戲室。】

優子【她在做什麼？】

空野【在當帶動唱大姊姊。】

之後早瀨回了一個我從未見過，也無法理解要表達什麼感情的表情符號。

與早瀨會合之後，我在小兒科的等候區等待冬月出來。

冬月的帶動唱時間應該持續了十五分鐘吧。「謝謝大姊姊～」孩子們大聲喊道。然後冬月說著：「小朋友再見嘍～」走了出來。

「走吧。」

我對早瀨這麼說。她則點了點頭跟在後面。

我該說些什麼呢？雖然只有一星期沒見，感覺卻像隔了數年之久。

心臟怦怦跳。糟糕。我該說些什麼呢？

「冬月！」

我的聲音讓冬月抖了一下。

看到她的反應，我感到不對勁。

「抱歉，冬月。我是空野，就在妳的後面。」

我知道呼喚眼睛看不見的冬月時，最好告知她說話者是誰。剛開始認識冬月時，我會報上名字，不過她後來逐漸能單憑聲音認出我。

可是這次她沒有察覺到是我。

不對勁的感覺逐漸轉變成不安。

她沒有用悠然的聲音回答：「啊～空野同學。」

回過頭的冬月露出害怕的表情。

好不安。一種彷彿全身的血液結成冰的感覺襲上心頭，喉嚨變得乾涸。

為了掩飾那份不安，我隨口開了個玩笑：

「找了妳好久呢。大小姐，請問您有空嗎？」

通常冬月會笑著配合我，用「請問您是哪位？」或者「您認錯人了！」之類不著邊際的話回應我的無聊玩笑。然而冬月只是簡單地回答：「是的。」

這是怎麼回事？她的回答和聲音，都有些奇怪。

兒童遊戲室樓上有個空中花園，我和冬月與早瀨兩人一起前往那個花園。

早瀨想要把手借給她，不過冬月拒絕了，堅持抓著扶手自己走。

這裡明明是大樓的屋頂，卻種著樹木，草坪被修剪得整整齊齊。花壇裡的杜鵑花零星地開著紅花。裡頭有個綠色的拱門，穿過拱門後可以看到長椅。

我讓冬月坐在長椅上。冬月穿著蓬鬆的粉彩色睡衣。

雖然我們面對面坐下，我卻不知道第一句話該說什麼才好。

到頭來，我藏起滿腔的愛慕之情，選擇了「好久不見」這句話。

早瀨坐到冬月的旁邊握著她的手說：「我們很擔心妳呢。」

「為什麼聯絡不上妳呢？」

可能是突然被早瀨抓住手，冬月看起來全身緊繃。

有點奇怪。

緊接著，冬月以「那個」起頭，說出一句令人絕望的話。

——我們以前在哪裡見過面嗎？

她這樣說。

就像我們是第一次見面，她這樣說了。

早瀨睜大眼睛露出驚奇的表情。她脫口而出「不會吧」，望向了我。

當然，我也不敢相信自己的耳朵。

我不由自主地加強了語氣。

「妳是認真的？」

「噫！」冬月害怕地驚呼一聲。

看不見表情的人對自己發出就像在威脅人的聲音，會感到恐懼也很理所當然。

「抱歉。」

然後我再一次，像是對自己說似的，在嘴裡說了聲抱歉。

好不容易見面了。然而——

這是怎麼回事？

心跳加速。頭暈目眩。我閉上眼仰起頭，頭頂的太陽燦爛地照耀，照得我昏昏沉沉。與此同時胃酸湧上喉頭。

「妳不是在開玩笑吧？」

我又重新這麼問了一次。

我把這句話當成最後通牒。如果是開玩笑，就此打住吧。我求求妳就此打住。

「開玩笑是什麼意思？」

不是開玩笑。

「那個，說真的，你到底是誰啊？我要叫人嘍？」

她不是在開玩笑。

當那個事實暴露在眼前時，坐在旁邊的早瀨已經滿臉淚水。

「這樣啊。」

我不自覺地這麼說。

接受這種狀況之後，反而讓人鎮定下來。

「初次見面妳好，我叫做空野驅。這位是早瀨——」

＊

與冬月交談之後，我決定回到宿舍一趟。

離開醫院時已是傍晚時分，佃大橋下的隅田川染成了橘色。儘管天色未暗，橋上的路燈卻已經亮了起來。我的臉上一定掛著愁眉苦臉的表情吧，有隻別人遛的貴賓犬還朝這邊猛吠一番。

一籌莫展的我撿起地上的小石頭，從橋上拋入河中。

「我也來。」淚眼汪汪的早瀨也撿起小石頭跟著扔了出去。

我配合著早瀨，再撿起一塊石頭丟進水中。水面蕩起漣漪，發出「撲通」的聲音，不過激起的漣漪太小了。我的心中是如此波濤洶湧，眼前的水面卻一片平靜。無論我投出多少小石頭，水面都保持平靜無波。冬月已經變成那個樣子了，這種一派平和的景象讓我實在無法接受。

『我不想製造任何波瀾。』

我回想起自己曾經說過的話，意識到自己竟然如此執著於這件事。我情不自禁地大喊：「啊啊啊！」早瀨也邊扔石頭邊跟著一起喊。

這次換成另一個人遛的吉娃娃對我們狂吠。

「你們沒事吧？」帶著吉娃娃的中年男子出聲詢問。

那句「沒事吧」並非出於關心，比較像在確認我們是不是會造成危害。事實上他手上就握著智慧型手機，一副隨時準備報警的樣子。

我們逃跑了。

早瀨還直接跟著我回到宿舍房間。

與其說她跟著我，更正確的說法是一路恍惚地走回來，回過神才發現早瀨也在宿舍前。

我打開門，一股濃郁的大蒜味撲鼻而來，鳴海正好在煎餃子。「回來啦。你們也要吃嗎？」看到鳴海那種悠悠哉哉的樣子，我差點就要哭出來。而早瀨則是以很重的鼻音生氣地說：「臭死了！」

放在房間中央的圓桌上擺了五十顆煎餃。

「那麼，我們來整理一下狀況吧。」

鳴海夾起餃子蘸了點醋醬油，拌著米飯一起塞進嘴裡。

「經及日塔喝公耶——」

「東西吞下去再說話啦。」

「為什麼這傢伙可以這麼悠哉啊？」

早瀨按著眉心。她直接把鳴海叫成「這傢伙」了。鳴海咕嘟一聲嚥下食物。

「把狀況整理一下之後，事情就是這樣吧？」

星期日校慶結束後，我和冬月接吻了。

「然後，星期一那天，你沒有跟冬月見到面吧？」

「對。她也沒有出現在課堂上。」我點頭回答。

「然後星期一晚上在那家文字燒餐廳，我傳了告白影片給她。」早瀨抱胸說道。

接下來的一個星期，我一直見不到她，也聯繫不上她。等到好不容易再見時，她卻表現得像是失去記憶一般。

「在那之後，即使我說我們是朋友，她也始終否認。」

「冬月沒有帶智慧型手機嗎？看一下LINE的訊息紀錄不就知道了？」

早瀨開口回答：

「我也是這麼想，所以我叫她拿智慧型手機給我看。結果——」

說到這裡，早瀨變得欲言又止。鳴海問：「怎麼了？」

「她的智慧型手機螢幕啊，整個碎掉了。」

我補充道，早瀨接著點頭附和。

「那塊螢幕碎得像蜘蛛網。她還說『還是可以打電話喔！但是不太能操作螢幕』那種完全不是重點，很有小春風格的話。」

鳴海大笑起來，拍著自己的大腿說：「感覺就像冬月會說的話。」

「現在不是笑的時候！」

坐在一旁的早瀨抬起屁股如此大喊。

「我知道狀況很不妙啦。可是沒必要連我們都那麼沮喪吧？」

「那是因為你沒有見到小春才能那麼說。」

早瀨哽咽了一聲。

「感覺小春好可憐喔。」

「啊～啊～啊～不要哭啦。」

我明白她為什麼會哭。被冬月用天真無邪的表情詢問：「你是誰？」確實讓人很受傷。

彷彿過去的一切都被重置了。

當時明明那麼開心，笑得那麼開懷，內心那麼雀躍。

事到如今，我怎麼可能說出：「這樣啊，那段過去全都消失了啊。」就此認命呢？

到底發生了什麼事，出於什麼原因，讓冬月變成了那種模樣？

她身患重病、失去視力，仍然努力考上大學，卻又得面對更艱難的考驗……如果真的有個這麼做的神，那麼未免太殘酷了。

「好了、好了，即使哭也沒用。我們應該一起想個辦法來解決吧？」

「想什麼辦法？」

「就是想想看我們能有什麼辦法。」

「所以說是什麼辦法啦！」

早瀨歇斯底里地大喊。

「…………」

「…………」

「…………」

眾人陷入沉默。走廊上迴盪著附近男生們的粗野笑聲。

鳴海慢慢站起身說：「總之，能做什麼就做什麼吧。」

然後他開始挑選放在冰箱裡的常備菜。

「空野、早瀨，你們要喝味噌湯嗎？」

「你是我老媽喔？」我一如往常地吐槽。

「白飯也還有，可以再來一碗喔。」

「就說了，你是我老媽喔？」

早瀨終於忍不住笑了出來。

「空野同學，不要連你都要逗我笑啦。」

「反正哭也沒用嘛。」

「為什麼連空野都那麼悠哉啊。」

「悠哉？咦？悠哉？我哪裡悠哉了？」

我不自覺提高音量。鳴海就像要當和事佬似的攤開雙手。

「好了、好了。趁著餃子還沒涼掉，趕快吃吧。好不好？」

「不用。我不吃。」早瀨氣鼓鼓的。看來我說過頭了。

「就算吵架也沒意義啊。來，吃點餃子吧？」

「你是我老媽喔？」早瀨無精打采地吐槽，咬了一口餃子。

「……好吃。」

「對吧？」

鳴海得意揚揚地表示。早瀨怨恨地瞥了鳴海一眼，然後一個接著一個地吃起餃子來。雖然她吃得心不甘情不願，吃相卻相當好。

「喂，別全吃光啊。」

「才不要。我心情不好就會肚子餓。除了餃子以外，沒別的配菜嗎？」

「這麼一說，鳴海的老家那邊好像寄了香腸過來。」

當我眼神飄向冰箱，鳴海就喊著：「不行！」做出關西風格的誇張反應擋在冰箱前。

「那是我最愛吃的東西！那叫做圈圈香腸，就是盤成一圈的香腸。」

「什麼嘛，聽起來超好吃的。別小氣了，趕快拿出來吧。」

早瀨抓住鳴海的肩膀，企圖把他從冰箱前面拉開。鳴海搖著頭不斷說不要，一邊抵抗著她。看到這一幕，我直抱肚子大笑。

上大學之前，我根本無法想像自己會跟朋友這樣打鬧。

我們煎著餃子煩惱苦思，有時哭泣有時吵架，期望能自行找出解決方法。

或許我們的想法很膚淺。

或許我們只能想出拙劣的答案。

即使如此我還是認為，這樣的拚命未嘗不是一件壞事。

6. 黃色書籤

＊

從那之後，我在大學就再也沒有見到冬月的身影。

我得知她都會在大約下午兩點的時候，在醫院裡當帶動唱大姊姊。

醫院的牆壁、走廊以及工作人員的服裝，全都是一片潔白，空氣中瀰漫著消毒水的氣味。在一片白的醫院裡，以粉彩色調裝潢的兒童遊戲室，唯有那個地方散發如同另一個世界的奇幻氣息。

我隔著玻璃觀看冬月一邊彈奏鋼琴，一邊愉快地唱歌。

即使看到孩子們玩耍、唱歌的開心模樣，我的內心也感受不到溫暖。

看著冬月，我只覺得胸中越來越煩亂。

冬月穿著蓬鬆的睡衣。她之所以一直穿著睡衣，是她正在住院嗎？

我無法與冬月攀談。

她真的完全忘記了嗎？

我還是無法接受。那也許只是一個玩笑、一段謊言、一場戲，我無法徹底捨棄那樣的可能性。這種想法就像溺水者捉住的稻草，所以我找她說話了。我只說了一個「嗨」字，卻遭到她的無視。她沒有注意到我，就好像根本沒聽到我的話似的。好難受。好痛苦。開始想死了。好後悔。好想死。心情越來越沉重。

但是我確確實實抱有想待在冬月身邊的想法。

我自嘲地心想，我這個人真是奇怪呢。

自己從前不曾有過執著，現在卻對冬月如此執著。

*

那是午休時間的事。

我拿著炸豬排套餐，鳴海拿著一份特大份的豬排咖哩飯，早瀨則拿著天婦羅蕎麥麵，三個人在學生餐廳最擁擠的時段尋找空位。等到終於找到座位坐下，我吃了一口就後悔了。雖然我點了分量十足的餐點，卻發現自己根本沒有食慾。

「欸欸欸，看看這個。」

早瀨在一片吵雜聲中提高音量，給我們看她的智慧型手機畫面。

畫面上顯示著「招募學生志工」。

「妳又要去做志工啊？」

鳴海把咖哩飯塞進嘴裡，說得好像早瀨對當志工上癮似的。

「看仔細點啦。」

「那家醫院？」

「對！在兒童遊戲室協助孩子們玩遊戲，還有讀故事、用紙娃娃演戲等。」早瀨解釋。

感覺好像看到了一絲光明。

或許能夠陪在冬月身邊也說不定。

當我這麼一想，濃郁的炸豬排醬汁香氣就撲鼻而來，肚子突然餓了起來。

「那麼，只要加入志工——」

「或許就能和小春說話了呢。」

「可是啊……」

鳴海一邊狼吞虎嚥一邊說：

「如國唷那種外挪金。」

「把東西吞下去再說話啦。」

鳴海嚥下食物後說：

「如果有那種歪腦筋，面試時可能就會被刷掉吧。」

鳴海的話頗有道理。

「既然要做，我打算無論小春在不在都會全力以赴。」

早瀨正氣凜然地表示。之前像隻軟趴趴、病厭厭熊貓的早瀨已經不見。她以堅定的表情看著我。

「總之我們就去應徵吧。畢竟都找到小春了。」

我有些興奮地回答：「嗯。」內心滔滔湧出的感情已經無法壓抑。

不管怎麼討論，也沒有其他選擇。

答案只有一個。

只要可以待在冬月身邊就好。

這樣的想法從胸中源源不絕地湧出，逐漸麻痺我的思考。

鼻子深處熱熱的，感覺得出來自己很激動。

於是我們三人隔天就一同前往醫院應徵學生志工。

*

我們三人都順利通過了原本擔心的面試。這些都是多虧大學的知名度，以及對志工活動很熱心的早瀨在旁協助。

可是，儘管通過面試，也不是「那麼明天就請多多指教」這麼簡單。

成為志工人員，還需要填寫文件、做抗體檢查、加入志工保險等許多行政手續。

此外還有所謂的志工培訓課程，於是我們上了一些有關志工相關知識的講座。院方指導我們，必須禁止談論與疾病相關的話題避免傷害孩子們，還有洗手的方法等澈底預防感染的措施。

在培訓課程中，有位護理師說的話一直縈繞在我的心頭。

『這是一份辛苦的工作，可是還是請你們堅持下去。』

這句話使我明白，這不會是一項輕鬆的志工活動。

當志工的第一天，除了我們三人，還有兩位中年婦女。她們似乎是住在附近的太太。

現場有十三名孩子，有的手受傷，有的腳上打著石膏，有的戴著毛線帽，年齡從五歲到九歲不等。

根據護理師的說法，長期在綜合醫院的小兒科住院，通常意味著患有相當嚴重的疾病。我們被明確告知「不要談及」那些病症，因為那是讓他們暫時忘記住院痛苦的時間。

兒童遊戲室裡充滿孩子們快樂的笑聲。

今天大家玩的是摺紙。

「吼～！」

照理來說應該在摺紙，鳴海卻被男孩子團團圍住，又是被當馬騎，又是被踢來踢去。

「那本摺紙書借我一下。」

至於被女孩子圍住的早瀨，她明明只要摺些飛機或鶴之類簡單的東西就好，我卻看到她死死瞪著書，試圖摺出玫瑰或是鈴蘭那種超出自己能力的東西。

讓孩子們嬉戲遊玩的那段時間，在醫院被稱為「兒童同樂會」。看來醫院每天似乎都會安排這樣的時間，讓住院的孩子們排解無聊。

在兒童同樂會開始之前，負責的護理師向我們介紹了冬月。她說冬月也是住院的患者，但是會在兒童同樂會上彈鋼琴給孩子們聽。當聽到「也是住院的患者」這句話時，我不禁繃緊全身。儘管我早就有預感，事實真的擺在面前時，心情仍然會為之一沉。

當護理師表示從今天起會增加學生志工時，感覺冬月有點訝異的樣子。當我禮貌性地說了聲「請多指教」時，她也小聲地回答「請多指教」。冬月緊抿著嘴，彷彿在大學見到的那個經常笑容滿面的冬月不存在似的。

「咦～我不知道摺不摺得出來耶？」

被孩子們圍繞的冬月一邊摸索一邊摺紙。

孩子們就像受到冬月溫柔的聲音吸引，圍繞在冬月身邊。

冬月摺出了飛機。可能是眼睛看不見的關係，她能摺的只有飛機。她摺好之後就會遞給孩子們，讓孩子們把飛機扔出去。由於孩子們扔完飛機之後又會再要一個，使得她摺的速度趕不上需求。

當紙快要用完時，我悄悄放了一些在冬月的旁邊。

因為她看不見，應該不會被注意到吧。

就在我這麼想的時候——

「……謝謝。」

她如此回應。

她可能有在用指尖計算紙張的數量。既然可以憑藉指尖的觸感數零錢，或許也數得出來紙張剩餘的數量。

我本來覺得就算沒被注意到也無所謂，所以能得到冬月的回應讓我非常興奮。

因為太過開心，不小心就對她說話了。

「我也來摺紙飛機吧。妳的速度趕不上孩子們吧？」

就在這時——

「灌腸～」

背後傳來這樣的聲音。緊接著，一股電流從屁股直衝至腦門。

「好痛——！」

我忍不住大喊一聲。

回過頭去，有個剃光頭的男孩子正露出一臉壞笑。

「……不可以喔，好痛……不可以這麼做喔……」

「幹嘛看著大姊姊，好噁心。」

「我、我才沒有看。」

「騙人！我知道了！你在看胸部吧？」

我偷瞄一眼冬月，只見她遮住胸口，整張臉紅通通的。

「我沒看。我才沒有看。怎麼可能看嘛！」

「騙人～」

「不可以拿大人開玩笑啦。」

那個男孩子不知是不是覺得有趣，開始不斷喊著：「胸部！」「胸部！」「胸部！」然後跑開了。

「喂！在這裡跑會很危險喔！」

就算我這樣生氣了，也只是讓周圍的人嗤嗤地笑出聲，於是男孩更加得意忘形，繼續不斷喊著：「胸部！」

鳴海擋在男孩前面說著：「抓到了。」一把抱起那個男孩子。

「不要啦，叔叔身上好熱～」

鳴海被喊成叔叔了。

男孩在鳴海的懷裡掙扎著想要逃脫。另一方面鳴海似乎被當成大叔而感到相當震驚，低喃一聲「叔……」，整個人僵住了。

「下次再跑的話，我就會叫肌肉叔叔再來抓你喔。」

我對那個男孩子如此勸導，他便乖乖地說了聲：「我知道了。」

「筋肉叔叔是什麼意思啊！」

「聽起來會在影片網站上很紅呢。」

「像是『這次要做兩百次伏地挺身。今天也要和叔叔一起拚到底喔』這樣？」

「真無聊。」

「咦～怎麼感覺我好像要冷了。」

「根本冷死了。」

「話說回來，筋肉叔叔到底是什麼意思啊！」

「喂！快給我來摺紙啦！」

結果早瀨生氣了，我和鳴海異口同聲地說：「好～」

一位聽到我們這段對話的主婦笑道：「感覺就好像在看相聲呢。」

就在這個時候。

冬月突然忍不住笑了出來。

她笑得肩膀都在抖。

看到睽違已久的冬月笑容，一股懷念之情湧上心頭。

我想起露天座位的幸福時光。她就像在露天座位那個平時的冬月，我的視線一片模糊。

大約兩個小時的遊戲時間結束後，我們把孩子們送回病房。而在收拾孩子們離去的兒童遊戲室時……我聽到了其他志工的對話。「對了，今天小堇沒來呢。」「聽說她開始進行藥物治療了。」「唉，接下來會很辛苦呢。」聽到這樣的對話，我的心情難過到了極點。

*

從加入志工到現在，已經過了兩個星期。

即使我想和冬月聊天也聊不太起來，感覺她好像避著我。

就在六月即將過去，梅雨季節比往年還早結束，暑假就要開始的時候。

那天我獨自參加兒童同樂會，就在我收拾場地時——

「空野同學在嗎？」

冬月突然開口找我說話。

我的心臟幾乎要跳出來。這個出乎意料的發展讓我的心跳異常加速，同時也對她的稱呼從「驅同學」變成「空野同學」感到絕望。

我盡可能裝出冷靜的樣子回應：

「嗯？我在這裡喔。」

「空野同學，大學那邊沒問題嗎？」

「沒問題的意思是……？」

「沒有啦，我在想你的出席天數會不會有問題。」

「啊，是這件事啊。放心、放心，早瀨會幫我簽到。」

「我還滿擔心的喔？」

冬月露出嚴肅的表情。我很少見到她這樣的表情。

「與其問我，我比較想知道妳有沒有問題喔？」

「嗯？什麼意思？」

「唉呀，就是妳的大學學業有沒有問題啦。」

「大學？」

冬月露出茫然的表情，然後靜靜地說：

「我沒有上大學喔。」

我感覺到自己臉色蒼白。這種回應完全出乎我的意料，眼前逐漸陷入一片黑暗。

這代表……她失去的是從那時開始的記憶嗎？

她不是取得高中同等學力，努力成為大學生了嗎？

為什麼會演變成這種離奇的狀況？

「請不要岔開話題。現在談的是空野同學的大學學業。」

我累了。

精神已經達到極限。

「我認為當志工是很好的事情，但是不應該忽視自己的本分。」

我不想思考。

「…………」

「…………」

我沉默了一會兒。

當我陷入沉默時——

「空野同學？」

「嗯？」

「我還以為你走掉了。」

「……因為我隱藏了氣息啊。」

我給出平時常用的那個回答。

我喜歡那個被戲弄時，會對我嬌嗔的冬月。

那種日常的交流是我的寶物。

可是——

「拜託不要開玩笑。」

冬月以尖銳的聲音這麼說。

她不悅地補了一句：「你有在聽嗎？」我的思考逐漸停滯。

我不想思考。無法思考。不願再思考了。

「我的大學怎樣不重要啦。」

我提高聲量。我知道其他志工的視線都集中在我身上。

可是——

儘管如此——

再這樣下去實在太難受了。

忘記大家，甚至忘記自己辛苦爭取而來的一切。

目睹冬月那個樣子，我又該怎麼辦呢？

「喂，你怎麼了？」

冬月不安地說，緩緩地在半空中摸索，然後觸碰到我的肩膀。在霧濛濛的視野中，她碰到我。觸碰到了我。

我卻甩開陷入不安的冬月的手，就這樣甩開了。

「沒——」

沒事！

就在我差點這樣大喊的時候。

「我們到外面談談吧？好不好？」

冬月勉強擠出一個苦笑如此說道。

我看了看四處，發現所有人的視線都集中在我身上。不管怎麼看，我都像個情緒不安定的傢伙。

「抱歉。」

我不知道自己為了什麼而道歉。

可是，抱歉。

我離開兒童遊戲室，和冬月一起前往空中花園。

冬月抓著我的手臂和扶手，將我帶往花園。我已經很久沒碰到冬月的手了，這隻手感覺比我以前經常觸碰的還要冰冷。

一走進花園，初夏溼潤的空氣悶得我差點窒息。

冬月沿著步道的扶手走著。前面有個長椅，她在那裡坐了下來。

她深吸一口氣，之後淺淺地呼出一口氣後開口說：

「我們整理一下吧。」

「整理什麼？」

「我和空野同學上同一所大學，你是這樣說沒錯吧？」

「嗯，對。」

「然後你又說，我和空野同學你們認識，而且看起來我突然失去了記憶。」

「對。」

冬月直直地看著我。不過與其說是「看」，或許應該說是朝向聲音發出的方向。

「老實說我真的很震驚，不知道該怎麼辦才好。」

冬月反過來質問：

「我倒要問問你希望我怎麼做？你想要我回想起來那些事嗎？」

「……這個嘛……」

「老實說這讓我很困擾。」

「困擾？」

這個出乎意料的回答讓我頭上冒出問號。

困擾？那是什麼意思？她說回想起往事會很困擾嗎？

難道我所珍視的東西，對冬月來說毫無價值嗎？

心臟就像要炸開似的劇烈猛跳，好痛。耳朵裡響著怦通怦通的心跳聲，頭也開始抽痛起來。庭院中樹上的蟬鳴聲越聽越吵雜，我感覺自己彷彿被逼到角落。

怎麼回事？到底是怎麼回事啊？我無法整理思緒。

緊接著冬月不知為何擠出一張燦爛的微笑，以若無其事的聲音這麼說：

「我好像只剩下半年的時間。」

她接著說：

「癌細胞轉移到肝臟，我再過不久就要死了。」

我就要死了──冬月一派輕鬆地說出這句話。

「明明知道自己即將死去，要是還去想起那些事，不是會很痛苦嗎？還有，空野同學，你也最好別再管我這種已經活不久的傢伙了。」

——那只是浪費時間罷了。

冬月很輕鬆地就說出如此令人難過的事。

我的眼眶變得灼熱，視野扭曲，兩行熱淚順著臉頰流下。

「這樣啊。」「淚水止不住。「這樣啊。」

無論我怎麼擦，淚水就是止不住。

「抱歉。很抱歉一直用奇怪的手段糾纏妳。」

「嗯？你還好嗎？」

我不希望冬月注意到我在哭，拚命忍著不發出哽咽聲。

「妳真的要死了嗎？」

「是啊。我隱約有這樣的預感。」

她輕描淡寫地這麼承認。

畢竟這已經是第三次了呢——她這麼說著，露出了微笑。

那是覺悟？還是自暴自棄呢？

「我從上個星期開始接受化療，老實說我的身體狀況很不好。再過兩個星期，我可能就無法離開病房了。」

——因此……

「忘掉吧。」

——忘了我吧。

「請你忘掉吧。」

她笑容滿面地這麼說。

「我知道了。」

是嗎。原來如此。是這樣啊。

我崩潰了。

我感覺身體深處似乎發出「啪」的聲響。

自己也意識到聲音在顫抖。

「很抱歉一直纏著妳。」

我道歉了。雖然我還是不明白自己到底做錯了什麼，仍然道歉了。

淚水不斷滴落。我有多喜歡冬月，似乎就有多想將這份情感拋諸腦後。淚水源源不絕地湧出，我沒有手帕，只好用手掌擦掉。整張臉十分狼狽，我卻不知該如何是好。

*

冬月將我留在原地，沿著扶手回到自己的病房。

整張臉被淚水弄得很難堪的我坐在空中庭園的長椅上，打算讓頭腦冷靜一下。

「你是冬月小姐的同學還是什麼人嗎？」

一位穿著白袍的中年醫生走過來搭話。

那位醫生看起來年輕，但是黑眼圈很重，看上去有些疲憊。

或許是看到我露出滿臉不信任的表情。

「我是冬月小姐的主治醫師啦。」

他這麼說，舉起手表示自己安全無害。

「原來是主治醫師啊。」

知道他的身分後，我輕輕點頭致意，而這名主治醫師竟然點了根菸。

我大吃一驚，想著他怎麼在這種公共空間抽菸？

「事先聲明一下，這裡是吸菸區喔。你在這裡才不對。」

「就算是這樣，你知道什麼叫二手菸嗎？那對身體有害耶。」

雖說我滿腦子都是冬月，還是對自己攻擊性的語氣感到後悔。

醫生露出狡黠的笑容說：「那麼，希望你能暫時為我屏住呼吸。」

「很抱歉說了那種沒禮貌的話。不過既然您是冬月的主治醫師，也就是說您是治療癌症的醫生對吧？吸菸好像會增加罹患肺癌的風險喔。」

「我每個月都會做檢查，沒問題啦。如果早期發現，我自己就能治好。」

主治醫師一派輕鬆地抽著菸，給人一種感覺很好聊天的印象。

「我可以問個問題嗎？」

「嗯～？是關於冬月小姐記憶的事嗎？」

醫生彷彿已經預料到我的問題。

「是的。記憶喪失這種事真的有可能發生嗎？」

主治醫師向空中呼出一口白煙。

「如果腦部負責記憶的區域長出癌細胞，那麼可能性不是零。只不過冬月小姐的癌細胞轉移到的位置是肝臟，照理來說不可能會喪失記憶。」

「那麼為什麼──」

「雖然只是可能性中的一種可能性，開始接受化療之後，偶爾會出現記憶混亂的狀況。比如想不起昨天發生的事，感覺頭腦昏沉。這種現象被稱為化療腦，使用強效藥物時偶爾就會這樣。」

「那麼，這次也是──」

「但是，冬月小姐的情況與化療腦的症狀不太一樣。」

「什麼意思？」

「我認為這不是病情或藥物所造成。或許可以說是心理上的某種因素，讓她封鎖了自我的記憶吧。」

「封鎖……」

「感覺……若是刺激她的記憶，可能會產生什麼效果。要試試看嗎？」

「沒辦法啊。我剛才被冬月拒絕了。」

混雜嘆息，醫生吐出一口煙。

「那就等你有那個打算再說吧。畢竟讓癌細胞縮小是現在的第一要務。」

「請你告訴我。」

「告訴你什麼？」

「冬月的癌症治得好嗎？」

主治醫師撢熄香菸望向我。

「這個嘛，機率是百分之五吧。」

「是指死亡率嗎？」

「是撐到今年年底的存活率。五年內的生存率應該低得讓人絕望吧。」

主治醫師詳細地說明了癌症的狀況。

可是我根本聽不進去。

撐到今年年底的機率是百分之五。

恐怕活不到五年。

冬月的生命之火就是如此微弱。

所以冬月才會要我忘了她嗎？

胸口悶得好痛。

主治醫師臨走前以堅定的眼神說：「不過我會治好她。」

*

在那之後過了三天。

由於不能突然辭掉志工工作，早瀨幫我代班。

見到冬月已經成了一件難過的事。

連再看一眼冬月，都讓我難受無比。

第四節課結束後，我在常待的那個露天座位曬太陽發呆。陽光照在皮膚上，感覺又刺又痛。我就這樣接受日曬，繼續發呆。遠處飄著一片積雨雲，我幻想著那片雲的底下或許正在下豪雨。豪雨與晴朗的天空比鄰而居，人生或許就是這樣吧──我不禁陷入奇怪的哲學思維模式。大概是因為剛才上了哲學I的課吧。

「你還好嗎？」

突然，有個聲音這麼問道。

向我搭話的是那位留著鬍渣的消瘦男子──之前那位煙火社團的代表。

「是什麼什麼學長啊。」

「喊得太隨便了吧。我叫做琴麥喔。」

「不好意思。」

學長穿著T恤、短褲和夾腳拖鞋，一手拿著水桶，另一手扛著釣竿。他看起來就像準備去釣魚的樣子。我偶爾會想，這間大學會不會太自由了。

「那個盲眼的女孩呢？」

一提到冬月，我差點就要哭出來。拜託別提了。

「正在住院。她的身體不太好。」

「唉呀呀。你是她男朋友的話，應該要陪在她身邊啊。」

「我不是她男朋友。」

「你們原來沒有在交往啊？」

「我被甩了。」

不行。我快要哭出來了，拜託別再說了。

「難過的時候就該玩煙火喔。」

學長那種滿不在乎的態度讓我有點生氣。我的情緒這麼低落，他卻自顧自地說著「下下星期有場煙火大會喔」之類的煙火話題，讓我越來越火大。

「對了，你聽我說喔。」

學長露出困擾的表情。

我的聲音不自覺地變得很冷淡。

「怎麼了嗎？」

「唉呀，上次校慶的時候，放煙火的活動不是取消了嗎？因為那件事的關係，我現在遇到了點麻煩呢。」

他明明說自己有麻煩，卻看不出任何慌張的樣子。

即使我沒問，學長也仍然滔滔不絕地繼續說下去：

「就是取消煙火的費用啦。我認識的煙火師傅要我們把做好的煙火全部買下來，校慶的執行委員則說反正煙火還能拿去給其他大會使用，只願意支付設置費用，雙方的想法完全沒有交集。」

真希望他們能體諒一下被夾在中間的我——他繼續說，但是我由衷覺得那個話題根本無關緊要。

「話說，原來可以在大學放煙火啊。」

我本來想要用無關緊要的回答來應對那種無關緊要的話題，學長卻露出「你問得很好」的表情，興高采烈地開始講述施放煙火的必要手續和必要的申請等。我暗叫不妙，後悔自己竟然打開了他的開關。

雖然他的話我只聽進去一半，還是知道了施放煙火需要向都道府縣報備，以及要做消防審查等手續。原來那其實不是件簡單的事。

但是呢，這其中有條捷徑可用——學長興奮地繼續說。

「二號彈五十發、三號彈十五發、四號彈十發，中間穿插尼加拉瓜大瀑布和造型煙火，全長三分鐘的節目。像這種總共使用七十五發煙火火藥量的施放，屬於不需要申請就能夠舉辦的規模。」

「哦～我還真不知道呢。」

我的語氣很呆板，他看起來卻相當高興我有所回應。

不知為何他特別中意我。他用純真的眼神邀請我：「對了，我現在打算去釣魚，你要來嗎？」但是在心情不好的時候，實在不想應付這個人。

「現在這段時間很適合釣小竹莢魚喔。之後還可以拜託學校餐廳的阿姨幫忙炸魚。」

他喋喋不休地說個不停。儘管我用「嗯嗯」或「是啊」之類的回應明確表現出漠不關心的態度，學長的話題卻一直沒完沒了。

——拜託饒了我吧。

正當我想這麼說的時候。

「對了、對了。」

琴麥學長將手插進口袋裡，然後喃喃唸著：「咦？在哪裡啊？」又是掏口袋，又是翻找釣魚工具袋與背包。

「那我差不多該回去寫報告了。」

正當我不耐煩地準備起身的那一刻。

「有了、有了。這是不是你女朋友的東西？」

學長從肩上背包裡拿出來的那個，看起來很眼熟。

看到那東西的瞬間，我甚至可以感受到自己的眼睛睜得大大的。

剛才還毫無生命力的心臟，也開始劇烈跳動到會發痛的程度。

那是一張用凹凸文字寫了什麼東西的書籤。

是我以為已經找不到的黃色書籤。

『我真的很希望驅同學能試著讀讀看喔。』

腦海中浮現出冬月說著那句話的面孔。

「這東西……是在哪裡找到的？」

我伸手去接，但是手在發抖。

「它掉在研究會的組合屋前面。這書籤上面有點字，我就猜應該是那個女生的吧。我本來打算見到她就還給本人，既然她在住院，就交給你好了。」

我該如何感謝這個奇蹟才好呢？

不知不覺間，我抱住了琴麥學長。

「學長，謝謝您！真的很感謝您！」

「哇！等一下，好難受！」

我一把從學長手上搶過書籤，猛盯著它看。

確實是冬月的書籤。

邊角和側面有磨損痕跡，還有些許髒汙。

冬月的書籤回來了。

冬月的書籤找回來了。

差點要哭出來。

我輕撫著它，深深的愛意滿溢而出。

「對不起！」

「我突然有點事情！」

回過神時，我已經這麼喊了出來。

儘管沒有根據，我感覺只要讀了書籤上的字，事情就會有所好轉。

學長似乎察覺到什麼，舉起釣竿說：「加油喔！」

接著我跑向大學裡的圖書館。

圖書館靜悄悄的。當我衝過櫃檯時，還被告誡：「請不要奔跑！」

我壓抑喘息，開始尋找點字辭典。

因為從來沒有找過點字辭典這種東西，一時之間找不到。

於是我使用圖書館的電腦搜尋。

『這應該算是「死前想做的事情清單」吧。』

不知道上面寫了些什麼。

『人啊，什麼時候死都不奇怪喔？』

那句話大概不是開玩笑。

或許冬月一直在與不安戰鬥。

冬月一直想做的事情，也許就寫在這裡。

我忍不住這麼想。

翻開厚厚的辭典，書本的氣味撲鼻而來。

我翻動書頁思考該怎麼閱讀那張書籤，一邊從辭典的使用方法開始研究。

我一個字一個字翻譯。僅僅三行的文字，我花了三個小時左右的時間。

——第一句。

參加聚會。加入社團。

淚腺潰堤了。

我的身體不停顫抖，同時發出抽泣聲。

取得高中同等學力，考上大學，參加迎新會……

透過這張書籤，我看到一位努力實現夢想的女孩子。

——第二句。

交朋友。去逛街。

她交到了朋友。還去買了煙火。

想到自己就在她身旁，我感到既高興又心酸。

——第三句。

放煙火。談戀愛。

翻譯完畢。回過神時，我已經趴在桌上大哭起來。

圖書館裡沒有其他人，所以我可以放心大哭。

「妳還沒有做到啊！」

所以她要去買煙火。

所以她想要加入社團。

「妳還沒有做到啊！」

連我都為她感到不甘心，不停地抽泣。

「沒錯。」

嘴巴低聲動了起來。

「沒錯，沒錯。」

『我在想，如果我們能自己放煙火，那應該會很棒吧。那天一定會變成值得紀念的日子，可以當成一生的回憶。』

我想起冬月的話。

幫她實現願望不就好了？

既然她那麼想放煙火，幫她實現願望就好了。

我不在乎她還剩下多久的壽命。

『人啊，什麼時候死都不奇怪喔？』

說得沒錯。

就算如此，也沒有必要放棄。

——根本就沒有必要放棄啊。

我就像在說服自己似的，如此喃喃嘀咕。

離開圖書館時，天空已經染成一片紅。

遠處的積雨雲已經消失。

天空充滿了色彩，沒有任何雲朵，完全沒有會下雨的跡象。

我拿出智慧型手機撥了通電話。

7
煙火圖
© raemz

＊

我本來以為自己不會依附於他人。然而那其實是類似自我保護用的放棄，我對於自己內心深處存在這麼執著的東西感到驚訝。

儘管哭得那麼傷心，我還是不知悔改地再次出現在醫院裡，自嘲自己的行為。

今天是讀繪本給孩子們聽的日子。早瀨那柔和且提高一個音調的聲音在兒童遊戲室裡迴響，孩子們全神貫注地聽著繪本故事。

「公主咬了一口小小的果實後，就淚流不止。」

公主吃下巫婆製作的「真實果實」，痛哭著懺悔她因為擔心王子而說出的謊言。在那個場景下，有些孩子們的眼眶也湧出了淚水。

「於是，公主和王子從此過著幸福的生活。」

王子得知真相後無所不能的英雄事蹟，讓故事以快樂的結局告終，孩子們聽到最後也都顯得心情愉快。

相比孩子們看起來很開心，坐在後面的冬月看上去很痛苦。

她似乎呼吸急促。

繪本時間結束後，是鋼琴演奏時間。

冬月彈錯很多次，曲子也中斷了好幾回。

隔天。

我去做志工時，看不到冬月的身影。

她似乎病倒了。

再隔一天。

她還是不在。

我知道冬月的病房在哪裡。

某天，冬月的腳步很不穩，擔心她的我默默跟到了她的病房。那時我對自己這種根本像個跟蹤狂的行為感到恐懼，現在我倒是想稱讚自己一聲。

與參加兒童同樂會的早瀨和鳴海告別後，我直接前往冬月的病房。

這裡不愧是大醫院，或者該說是高級醫院，所有病房都是單人房，整齊排列的門牌上只記載著一個人的名字。我從兒童遊戲室爬上一層樓，來到位於七樓西棟「冬月小春小姐」的房間前。

正當我打算敲門時，房間裡傳出聲音。

『真的要剪掉嗎？』

『嗯。拜託了。』

我輕輕地將門滑開一道縫，往裡面窺探。

從門縫中只能看見白色床腳，沒辦法確認到冬月的身影，取而代之我看見另一位穿著和服的女性。雖然我對和服沒什麼研究，看一眼就知道那件和服是高價品。看起來觸感舒適的布料是淡淡的群青色，上面繪有扇子的圖案。

那位穿著和服的女性與冬月長得很像。就像是眼角垂一點，氣質更溫柔的冬月。她一定是冬月的母親吧。那位應該是冬月母親的女性手裡拿著一把剪刀。

不知道是不是注意到有人從門縫偷看，冬月的母親朝門這邊看了過來，然後對上我的視線。我內心暗叫不妙，心跳差點停止，冬月母親卻露出燦爛的笑容，食指放在嘴脣上，比了個「噓」的手勢。

「好啦，媽媽先去買點飲料回來喔，呵呵。」

她對著床的方向這麼說道，然後小步地快速走向門口。緊接著走出房間後，她好奇地瞪大眼睛看著我。

「（是小春的朋友嗎？）」

伯母這麼低聲說。

「啊，是的。」

當我發出聲音，她立刻又比了個「噓！」的手勢。

「（趁小春還沒注意到，我們去那邊談吧。）」

伯母胸前抱著剪刀呵呵呵笑著。她應該可以放下剪刀，食指和拇指卻還在剪刀的握把上。這副模樣看起來既駭人，又顯得相當少個筋，真不愧是冬月的母親。

我們坐到自動販賣機前的沙發上，伯母看著我笑了笑。大概是她長得有點像冬月，讓我彷彿實現了以前無法與冬月做到的「眼神相會」，有種奇妙的感覺。

「這位小弟是小春的朋友嗎？」

「啊，是的。我叫做空野驅，我們是同一間大學的。」

我這麼回答完，伯母就插嘴問道：「大學？」

「看來那孩子真的有上大學嘛。」

「啊，是的。我們是同一個系的。」

「太好了～」

伯母說著，整個人倒在沙發上。

「那孩子自從住院後就一直堅稱『我根本沒在上大學』，我還以為是我有問題呢。」

「她在家裡也是那麼說的嗎？」

「她對你說了什麼嗎？」

「……她簡直就像完全忘了我們。」

說完，伯母瞪大了眼睛。

我該不會傷到她了？

這種話該不會還是別說出來比較好？

愧疚的情緒緩緩湧上心頭。

然而意外的是，伯母溫柔地笑了。

「這樣啊……空野同學，這件事讓你們也很難受呢。」

她那沒有絲毫悲傷的表情讓我的內心糾在一起。

「不，我沒事啦。」

「不可能喔。你一定很難過吧？」

「我真的沒事。」

「這樣啊～」伯母笑著說。她怎麼有辦法露出那樣的笑臉呢？

我不自覺地提問：「冬月媽媽，難道您不難過嗎？」

「哎呀，居然叫我『冬月媽媽』。難道——」

我急忙否認：「不，不是啦。」伯母便笑著說：「開個玩笑啦。」她從剛才開始就一直在哈哈笑，讓我心想正所謂有其母必有其女，這個人真不愧是冬月的母親。

「不知道這種話對空野同學說好不好。」

伯母靜靜地說著，然後停頓了一下。

「很難過喔。」

她平靜的聲音使我全身繃緊。

「我沒有一天不感到懊悔。懊悔自己為什麼沒能生出一個身體強壯的孩子。」

可是——她接著說。

「要是我因此露出難過的表情，那孩子不就太可憐了嗎？既然無論如何都必須克服這道難關，我就應該帶著笑容陪在她身旁。」

伯母的眼角泛出些微的淚光。受到她的影響，我的視線也開始模糊。

「所以呢，我希望你能陪在那孩子身旁。儘管可能會很難受，我還是希望你帶著笑容陪在她身邊。」

「我明白了。」我這樣回答完，伯母就微笑著說：「謝謝你。」手上的剪刀咔嚓咔嚓地動著。

「那把剪刀是用來做什麼的呢？」

伯母看著剪刀「哦～」了一聲。

「她說要剪掉頭髮。還說因為藥物的影響，頭髮差不多要開始掉了。畢竟這已經是第三次，她一定很清楚自己會變成什麼樣子。」

「……這樣啊。她的頭髮原本很長、很漂亮呢。」

「啊，不過不是要剪下來扔掉喔。你知道頭髮捐贈嗎？」

「頭髮捐贈？」

我拿出智慧型手機上網搜尋。原來那指的是將自己的頭髮捐贈給因疾病等原因而失去頭髮的孩子們的活動。捐贈出的頭髮會被製成假髮，免費提供給需要的人。由於需求者眾多，有許多孩子都在排隊等假髮的樣子。

「既然接下來冬月的頭髮要掉了，做成給自己用的假髮不是比較好嗎？」

我這麼說完，伯母搖了搖頭表示：「不～」

「就是因為她自己以前也失去過頭髮而感到傷心，才想要把頭髮送給那樣的孩子。」

「那確實——」

話說到一半，我就說不下去了。

突然聽到那種很有冬月風格的想法，讓我差點落淚。

我深呼吸一口氣，再深吸一口氣，才勉強忍住。

「那確實很像冬月會說的話。」

「她會這麼說喔～我這樣說或許會讓人覺得太偏袒自己的小孩，但是我覺得她是個很棒的女兒。」

那麼，下次要再來探病喔。

伯母留下這樣的話，揮了揮握著剪刀的右手回到病房。

*

「我們今天來在紙上畫煙火吧。」

在今天的兒童同樂會裡，我們要和孩子們一起畫煙火。

有一種叫做造型煙火的東西。那種煙火可以用圖形的方式表現出微笑或星星等形狀。

這次就是要請孩子們設計那些圖案。

一個星期前，在圖書館解譯完冬月的書籤後，我打了電話給早瀨。

然後我開口就這樣說：

『來放煙火吧。』

我和校慶執行委員早瀨商量，請她安排施放原本要在校慶上放的煙火。

『如果刺激她的記憶，說不定會產生什麼效果。』

我也分享了主治醫師的話，提議施放冬月沒能看到的煙火。

我們花了好幾天的時間進行規畫。

在與校慶執行委員早瀨規劃煙火活動的過程中，她建議讓醫院的孩子們一起欣賞煙火。然後在與煙火社團代表琴麥學長商量之後，「兒童煙火節」的構想逐漸成形。我們向大學及煙火製作公司等相關機構進行說明，最終決定將在校慶當天未能使用的煙火，以夏日煙火大會的形式施放。

孩子們興奮地用蠟筆或彩色鉛筆畫出他們心目中的煙火。

冬月則沒有出現在兒童遊戲室。

根據與我關係很好的護理師姊姊所說，她應該還躺在病房裡。

基於保護個人的隱私，我無法得知她的病情。

兒童同樂會結束後，早瀨遞給我一張白紙和彩色鉛筆說：「這個就拜託你了。」

我點點頭說：「我知道了。」然後與早瀨道別。

早瀨帶著孩子們畫的圖回到大學。

而我則前往冬月的病房。

在前往病房的路上，我與冬月的母親擦肩而過，她對我送上微笑。

「謝謝你。」

「不客氣。不好意思連續兩天都來打擾。」

「小春就麻煩你照顧了。我有事要離開。」

伯母手裡拿著冬月那支螢幕裂成蜘蛛網狀的智慧型手機。

「那孩子之前似乎不小心在房間弄壞了這個。好不容易訂到同款機型，我要過去拿。」

「這樣啊。」

「啊，口罩和消毒噴霧拿去。那孩子也許還在睡。」

冬月的母親遞給我口罩，並在我的手上噴了噴消毒液。從這個舉動中，我明白到冬月的病情已經惡化。

我來到冬月的房間門前，深吸了一口氣。

用深呼吸穩定情緒後，我敲了敲病房的門。

可是，即使我敲門，裡頭也沒有回應。

「打擾了～」

我像個小偷似的小心翼翼進入房間，發現冬月正在睡覺。她躺在可調節傾斜程度的床上，背靠著抬高的床頭處於半躺狀態。

窗戶是開著的。每當窗簾擺動時，吹入室內的涼風就會讓人感受到一股都市中相當少見的清新滋味。

冬月的頭髮痛快地剪短了。以前還是一頭千金大小姐風格的長髮，現在則是短到露出耳朵的髮型。

我坐在床邊的椅子上，感受著從窗戶吹進來的風。

旁邊傳來冬月平靜的呼吸聲。

我覺得冬月的睡臉就像白雪公主一樣。

看著她的樣子，我的心裡不知怎地湧出濃濃的親愛之情。

我儘量不發出聲音，盡可能不吵醒她，只是靜靜地凝視冬月的睡臉。

真希望這種安寧的時光能夠永遠持續下去。

可是一想到侵蝕冬月身體的病魔，我的體內就升起一股寒意。

為何偏偏是冬月得承受這樣的命運呢？

她活過年底的可能性只有百分之五。

一想到這個數字，這張平靜的睡臉就突然讓我感到恐懼。

死亡的陰影掠過我的腦中，失去冬月的絕望感襲向了我。

原本覺得涼爽的窗外清風，現在卻讓人感到寒冷。我慢慢地關上了窗戶。

關窗時，窗戶發出「嘰」的一聲。我暗叫不妙，差點被嚇死。

冬月對這聲音起了反應。她渾身一震，然後發出「嗯～」的聲音伸了個懶腰。

「媽媽？」

她睜開眼睛將視線望向我這邊。我心裡一驚，以為自己被她看到了，但是冬月並沒有察覺到是我。

「窗戶開著就好啦～這樣比較涼嘛。」

用撒嬌般的聲音說話的冬月讓我感覺很新鮮。看著她翻身背對我，我差點笑出聲。然後，冬月或許是對沒有反應的母親感到疑惑。

「媽媽？不好意思，是護理師小姐嗎？」

她的語氣變得有點慌張。

我覺得再保持沉默下去會不好意思，所以開口答話：

「抱歉，我是空野。」

聽到我的聲音，冬月一臉茫然，隨後就像突然想起什麼似的露出生氣的表情，開始用手尋找護理師鈴。

「等一下、等一下！」

「你怎麼可以自己進來？」

「呃，我只是最近都沒看到妳，有點擔心而已啦。」

「我上次不是說過，請你忘掉我嗎？」

「來探望一下有什麼關係嘛。而且伯母也拜託我了。」

「你見過我媽媽了？」

原以為冬月一臉生氣、似乎要挺起身體，接著突然發出「嗚」的一聲按住心臟，整個人蜷縮起來。

她的左臂插著點滴，點滴架上掛著寫有「SOLDEM」字樣的透明藥袋。

「妳還好嗎？」

「稍微、等我、一下。」

冬月發出「呼、呼、呼」的喘氣聲，努力想讓呼吸平復下來。她的臉色蒼白，額頭上浮出汗珠。話說回來，她似乎也瘦了一些。

「抱歉。」

我情不自禁地道歉。

「都是因為你一直糾纏不清。到底要怎麼做才能讓你忘了我？」

「抱歉。」

我又一次情不自禁地道了歉。

「不要道歉啦。」

「妳狀況還好嗎？」

「很不舒服喔。」

冬月用看不見的眼睛望向我，露出一絲笑意。

那並非她平時那種發自內心的笑容。那張笑容看起來彷彿混入了憂愁般的情感。

「最近我連喝水都會吐出來，所以得打點滴。」

「副作用？是不是用了很強的藥？」

「很強呢。白血球數量變少，嘴巴裡都是破洞。」

在我眼前的，是一位呼吸急促地說著話，額頭冒著冷汗的女孩子。

「嚇到了嗎？」

——你最好忘了我這種人喔。

冬月接著這麼說。

「我沒有被嚇到喔。完全沒有。」

「……你真的很不死心耶。」

這麼說著，冬月偏過頭。然後就這樣以微弱的聲音接著說：

「醫生說，頭髮大概下星期就會開始脫落。」

「這樣啊。」

「那是我最討厭的事。」

今天的冬月話特別多。

也許是因為不把內心的不安說出來，她就會崩潰吧。

又或許，她只是陷入了自暴自棄。

「我的眼睛看不見，所以不知道自己會變成什麼樣子。」

漸漸地，冬月的話音出現哽咽聲，連聽著她說話的我也難過起來。

「只能憑手碰觸的觸感想像，是很痛苦的事。」

最後，她開始啜泣。

這是第一次，我親眼看到冬月哭泣的樣子。

愛意被胸中的痛苦蓋過，我有種喉嚨被掐住的感覺。

然後，冬月輕聲說出：「我好想死。」

那個冬月，那個總是掛著笑容的冬月竟然那麼說，對此我震驚不已。

然而眼前這個人，究竟是哪個冬月呢？

難道不是我自行想像，然後創造出來的冬月嗎？

如今在我面前肩膀顫抖的冬月，不正是冬月本人嗎？

我能做些什麼？我到底能做些什麼？

在這種時候，我是不是應該輕拍她的背？

有一瞬間，我對於是否該觸碰她感到猶豫。

但是，看著心愛的人哭泣，我不能什麼都不做。

當我觸碰到她的背時，冬月身體一震。我以為她會抗拒，不過她意外地什麼也沒說。我集中精神，儘量用平靜的聲音說話。

「大學那邊要辦個企畫，叫做兒童煙火節。」

「兒童煙火節？」

「是醫院志工活動的一環，計劃把孩子們畫的圖做成煙火，下次要在我們大學舉辦這個活動。」

我慢慢地說明，讓冬月有時間理解。

「所以我有個建議，妳要不要也畫張圖？」

「要我畫圖嗎？」

「對。我今天要收集畫作送去煙火公司，由於製作和準備都需要時間，煙火的施放會在九月底。」

「所以呢——」我接著說下去。

「所以讓我們加油吧。還有三個月。在那之前讓身體狀況好起來，把這當作目標吧。」

「為什麼？」冬月提高音量問。

「為什麼要說那種話！」

冬月的聲音比平時大了許多。

「我都說了很痛苦！為什麼還說出要我加油……這種殘忍的話。」

冬月雙手掩面哭了起來。

淚水一滴一滴地滴落在潔白的床單上。

「妳可以摸摸看這個嗎？」

我牽起眼睛看不見的冬月手臂，讓她觸摸某個東西。

那是撿回來的黃色書籤。

在摸到書籤的瞬間，冬月露出驚訝的表情。

「這是……我的嗎？」

「對不起，我讀了內容。」

「……好狡猾……你太狡猾了。」

冬月的臉頰又被淚水沾溼。

我摟著哭成那樣的冬月肩膀，拚命激發自己體內的所有正能量，將其化為聲音。

「有目標不是比較好嗎！」

我想要鼓勵那個即使非常傷心，也仍然願意捐出自己頭髮的心上人。

「與其像這樣哭泣，有個目標不是比較好嗎？讓我們加油吧。雖然我無法減輕妳對抗病魔的痛苦，我會來探望妳，聽妳說話，給妳鼓勵。所以呢——」

——讓我們加油吧。

即使知道冬月看不見，我還是試著露出微笑。

或許笑容這種東西能透過聲音傳遞給對方，能透過氣氛傳遞給對方。哪怕只能傳遞百分之一，只要有百分之一就足夠了。我勉強擠出笑容，鼓勵著冬月。

「會不會有問題呢？」

「沒問題。」

「我有辦法堅持下去嗎？」

冬月的臉被淚水弄得一塌糊塗。我輕拍她的背，一遍又一遍地安慰她：「沒問題。沒問題的。」

「……可以──」

冬月用沙啞的聲音說：

「可以也讓我畫煙火嗎？」

「當然可以。」

「那麼，請你答應我。當我畫好之後會把它折起來，你千萬不能看到裡面的內容。」

「我答應妳。」

「請你轉過身去。」

「我轉過去了。」

「你真的轉過去了嗎？」

「轉過去了啦。」

我遞出冬月指定的彩色鉛筆，她很快就畫完了。

「需要幫忙嗎？」

「這種程度的圖，我自己就可以畫。」

之後接過被嚴嚴密密地摺了三次的紙，冬月再三叮嚀我絕對不能偷看。

＊

時間來到海之日，從今天開始就是暑假了。

許多大學的暑假似乎都是從八月放到九月。

我就讀的大學所安排的暑假期間和小學、國中、高中時一樣。鳴海他們的科系好像從七月底到八月底要進行一個月的航海實習。此外，九月暑假結束後會進行期中考，這種日期安排與其他大學相比也相當罕見的樣子。

這天的天氣很符合海之日的名稱，是個晴空萬里的炎熱日子。

我們三個人難得地在志工活動中相聚，一起和孩子們遊玩。鳴海在孩子們之中的人氣壓倒性地高，每次他一來，男孩子們就會喊著：「大葛格！」朝他跑去。順帶一提，他們都喊我「哥哥」。

兒童同樂會結束後，我、早瀨和鳴海三人一起到冬月的病房探視她。

每次見到冬月，她都瘦了一些。

「感覺怎麼樣？」

當我這麼問。

「還好。」

不知道這個「還好」到底是指狀況好還是狀況不好，只見冬月露出難以捉摸的微笑。

冬月那帶刺的口吻，已經變得圓滑許多。

可是她看起來仍然很痛苦。

鳴海用關西腔把自己打工的事情講得很英明神武，惹得早瀨對他一番冷言冷語。即使兩人在那邊耍寶，冬月也只是擺出客套的笑容。

探病後的回程路上，光是走幾步路就讓人渾身是汗。

途中，我們在便利商店買了冰棒。鳴海選了蘇打口味的冰，我們受到他的影響，所有人都買了同樣的，三個人一起邊走邊吃。

咬碎那口感沙沙的藍色冰棒時，熟悉的蘇打汽水味就伴隨著冰涼感在口中擴散開來。

「唔哇。」

鳴海咬了口快要融化的冰棒下半部。

雖說現在是傍晚時分，太陽依然高掛天空。炙熱的陽光下，我們拚命在冰棒融化前吃掉它，但是早瀨那小小的嘴巴根本趕不上融化的速度。

「喂，早瀨，不要噴到我啦。」

當我這麼提醒她，她就說：「冰棒一直在滴嘛。」然後轉過身去面向鳴海。

「唔哇，別轉過來啦。」

被鳴海這麼一說，她又再度轉回我這邊。

鳴海和我一起對夾在我們之間的早瀨抗議「唔哇唔哇」、「不行不行」，最後忍不住笑了出來。

「不要笑啦！」

就在早瀨氣呼呼地大喊的時候，還沒吃完的冰棒掉到柏油路上。

看到這幕，我們所有人都惋惜地發出「啊～啊」的聲音，彼此對看了一眼。

笑意莫名地湧上心頭。可能是探病時一直繃緊嘴巴，讓我們現在就像蓋子被打開似的大聲笑了出來。早瀨說：「肚子笑得好痛。」鳴海則說：「為什麼大家都吃同一種冰棒啦。」

「雖然時間還早，晚餐要不要吃漢堡？月島那邊有喔。」

我表示同意，但是早瀨不滿地「咦～」了一聲。

「早瀨想吃什麼？」鳴海問。

「有家拉麵店我一直很有興趣……」

據她所說，過了門前仲町站，在首都高速公路的高架橋下有家拉麵店。她聽學長說過那裡很好吃，一直很想去。然而她一個女生沒有勇氣獨自走進拉麵店，又不好意思隨口說出「學長，我們去吃吧」這種話表現積極的一面。

「對我們就講得出口喔。」

早瀨白了他一眼，裝出可愛的笑容說：「是呀。」

鳴海雙手撐在後腦勺說：「那我們就從月島坐電車過去吧。」然後用一種異常平靜的語氣接著說：

「下次就別一群人去冬月那邊了吧。」

「是啊。」早瀨換上認真的表情說。

看到冬月健康狀況不佳，我們連十五分鐘都待不下去，很快就離開病房。

雖然鑒於冬月身體不舒服，別待太久是正確的決定，今天純粹是我們自己感覺不自在。

我們沒辦法看著痛苦難受的冬月。那會在心中留下陰影。

「我暑假要去航海實習，所以直到八月底都不會回宿舍。」

「是這樣嗎？」早瀨問。

「妳不知道嗎？我們系就是這樣，要搭練習船繞日本一圈。」

「那麼幫我買成吉思汗烤肉（註：北海道的當地菜餚，將羊肉和蔬菜放在一個中間凸起的特殊鍋子裡燒烤）牛奶糖」早瀨說。

「我又不是去玩的。」

鳴海露出一臉苦笑，不過感覺他真的會買。

「那麼，我們要不要輪流去探望小春？」

聽到早瀨這麼問，我不禁脫口而出：

「我去就好了。」

「一個人去？」

「嗯。」

「我不用去嗎？」

「嗯。應該說，就讓我一個人去吧。」

「好吧。」早瀨點了點頭。

「那我就負責準備煙火的施放計畫。不知道能不能用煙火讓小春恢復記憶。」

「那也得試過才知道。」

我這麼說完，大家就表示：「是啊。」氣氛變得有些凝重。

「反正我們本來就在賭那一絲的希望。只要能讓冬月和孩子們看到煙火就夠了。」

早瀨和鳴海互看一下，然後點了點頭。

「話說回來，你暑假不回老家嗎？」鳴海問道。

「我沒有回家的打算。話說早瀨的老家在哪裡啊？」

「我嗎？我就住在家裡啊。」

「咦？妳家在清澄白河？老家就在二十三區（註：東京都區部，日本東京都轄下的二十三個特別行政區）裡，根本就是富翁嘛……」

我這麼說完，鳴海就笑道：「那麼今天就讓這位大富翁請我們吃拉麵吧。」

「才不要！我家只是普通的上班族家庭！」早瀨不知為何用很有節奏感的發音方式講出「上班族」三個字，惹得我和鳴海兩人哈哈大笑。之後我們與氣呼呼鼓著臉頰的早瀨搭上地鐵，三個人一起去吃了拉麵。

8.
暑假
© raemz

＊

冬月戴著黃色的毛線帽，今天的氣色看起來不錯。

據本人所說，她已經適應藥物，副作用減輕了。當我們談到兒童同樂會的那些孩子們的事情時，冬月開始打瞌睡，就這麼閉上了眼睛。

我默默地直接壓低呼吸聲。

窗邊擺放著一些我不熟悉的花，粗壯的莖上開著好幾朵白花。靠近一聞，有一股濃郁的甜味。

「空野同學？」

「嗯？」

「我還以為你走掉了。」

「我就在這裡喔。」

「你不說話的話，我很怕會被你惡作劇。」

「妳把我當成什麼人了。」

「一個糾纏不休、老是不肯死心的人。」

「咦咦……」

我失落地垂下肩膀，相比之下冬月露出開心的表情。

「藥物——」冬月輕聲說。「藥物似乎起作用，癌細胞好像縮小了一點。」

一瞬間，寂靜似乎籠罩了整個房間。

聽到這個出乎意料的好消息，我當場說不出話，只是不發一語地看著冬月。

「真、真的嗎！」

接著我不禁大喊。

「太好了！」

我意識到這句「太好了」不僅是說給冬月聽，也是說給自己聽。

可是，我實在無法壓抑這股情緒。

「真的太好了。」

「畢竟我很努力嘛。」

淚水從冬月的眼角滑落。

她叫我拿紙巾給她，我遞了出去。

看來不管怎麼逞強，她應該還是會害怕吧。

我想轉移病情的話題，於是將話題拉到花瓶裡的花上。

「擺在這裡的白花好香喔。」

「這個叫做文殊蘭。應該是媽媽插的吧。是我很喜歡的花。」

「哦～」

「又來了，『哦～』」

「嗯？」

「不是啦，我只是在想那是不是你的口頭禪。」

「是這樣嗎？」

「當然是。你經常說那個字。」

當我用「哦～」回應，冬月就輕輕笑了出來。

真的耶——我這麼說。

「話說回來，這種花就是妳ＬＩＮＥ上的頭像吧。」

聽到我這麼說，冬月沒有回答，只是瞇起眼睛露出有些憂鬱的表情。

＊

隔天——

我去探望冬月，但是病房裡空無一人。白色床鋪上的棉被折得整整齊齊，陽光穿過窗戶的白色蕾絲窗簾灑進室內。

那景象帶著一絲寂寥。

有種不好的預感。

我不由自主地加快腳步，離開病房去找冬月。冬月。冬月。冬月。妳去哪裡了？

轉過走廊時，終於看到了冬月。她全身倚靠在比腰還低的扶手上，一步步地走著。

「冬月！妳怎麼了？」

「啊，是空野同學嗎？」

「還什麼空野同學。妳要去哪裡啊？」

「我沒事啦。只是一直躺在床上，肌肉退化了。如果不偶爾走走，就會輸給病魔。」

冬月倚著扶手發出「嘿咻、嘿咻」的聲音，一步一步地走著。在病房與病房之間，扶手斷開的地方，她改成手攀在牆上努力地行走。

「醫生有允許嗎？妳不能這麼勉強自己啊。」

「因為——」

她靠在扶手上，轉過身來。

冬月的額頭上冒出汗珠，但是笑容依然不減。

她反而笑著說出這樣的話：

「因為要是放煙火的那天我沒辦法自己走路，不是感覺很不好嗎？所以我已經決定好，要拚到那天。」

你要為我加油喔——冬月開玩笑似的鼓起臉頰。

「回去的時候我來幫妳。」

「那麼，能借我你的左手嗎？」

冬月伸手在空中摸索，抓住了我的左手臂，一步一步地慢慢走著。

她就這樣繞著走廊走了一圈，回到自己的床上。

「我不會輸的。」

冬月這麼說著，用看不見的眼睛直直地望向走廊的盡頭。

隔天。

冬月的健康狀況似乎惡化，之後整整一個星期都沒辦法見到她。

*

基本上大學生放暑假時，如果不自己排滿行程，比如說回老家或打工，就會變得無聊得要命。

因為平時和鳴海兩人同住，當室友突然不在時，靜悄悄的房間就會讓人坐不住。房間沒有冷氣，汗水使得T恤貼在皮膚上。炎熱的天氣讓人煩躁不已，坐不住的感覺就更加強烈。

當然，我之所以會坐不住，部分原因也是出自對冬月病情的擔心。

好無聊啊。就算如此，我也不想去工作。

即使想去見冬月，對方也是處於禁止探視的狀態。

真的沒什麼事情可以做。

我不想回老家，也沒有能一起出去玩的朋友。說到底我也沒有錢去玩。

我聯絡了早瀨，她說要去煙火製作公司露個臉，我決定也跟著過去。

轉乘幾班電車到達煙火製作公司後，就看到琴麥學長在那裡打工。由於他幫我找回冬月的書籤，當他說「空野同學來幫忙一下～」的時候，我感覺自己非得幫忙不可。

學長開心地抱著幾個小西瓜大小的煙火彈說：「搬到那邊去吧。」

看來他要曬乾煙火彈，於是我們把煙火彈從陰冷的位置搬到有陽光的地方。

早瀨則在陰涼處喊著：「加油喔～」

學長提議我們休息一下，指著煙火製作公司的一扇小窗戶。

他的意思似乎是要我陪他過去看看。

「現在正在貼彈喔。」

學長這麼說。

只見穿著作業服的工人們正在將比七夕紙籤稍微寬一些的紙貼在約壘球大小的球上。那些人脖子上掛著棉質毛巾，每當滲出汗水時，就會用毛巾擦拭額頭。

「什麼是貼彈？」

「就是製作煙火的最後手續。把裝有火藥的半圓形球體合在一起組成一顆球，先簡單地用紙膠帶固定，然後再像那樣用糊了膠的牛皮紙貼上去。這個程序要像在寫『米』字一樣，整整齊齊地一張張貼上去。」

「聽起來好辛苦。」

「是相當耗費體力的工作喔。貼上紙後要在板上滾來滾去，擠出貼合處的空氣，再進行陽光曝曬。等到乾了就再貼上牛皮紙，過程要重複很多次。這麼做是為了平均分配爆炸時的內部壓力，讓煙火能夠炸成完美的圓形。」

看著工人們規律地一次又一次地在煙火彈上貼紙，我只能回應一句平淡無奇的「真的很辛苦呢」。

「一層層在煙火上貼上紙，會帶來爆炸時的能量。我覺得就是因為這樣，大家才喜歡煙火吧。」

「什麼意思？」

聽到我這麼問，掛著微笑的學長如此回答：

「每個人不是都有壓抑在心中的想法嗎？而煙火就是『砰！』的一聲爆開才好看。人們抬頭仰望煙火時，想必就是在煙火上看到了自己喔。」

*

那天晚上，當我在宿舍的床上看書時，接到了很久沒聯絡的媽媽打來的電話。

雖然已經有一段時間沒和她說話了，一聽到媽媽的聲音，就感覺好像昨天才說過話似的。我聊了學業和宿舍生活的事之後，聽到媽媽傳來了安心的聲音。

『不回來老家嗎？』

「嗯，沒那個打算啦。」

『一定是交女朋友了。』

「妳又知道了？」

電話那頭的媽媽說：『三個月的時間一定夠你交到一兩個女朋友吧？畢竟東京不像這裡，有很多女孩子。』說得好像東京是什麼後宮。

「和叔叔相處得好嗎？」

『還不錯喔。』

媽媽有位同居人。是她在我高中三年級時認識，一位氣質溫和的叔叔。由於不好意思打擾他們，我不太想回老家。

「我這邊有個不太好啟齒的問題，可以問一下嗎？」

『什麼問題？』

「如果叔叔生病住院了，妳會怎麼做？」

『我可能每天都會去看他吧。』

「如果病情不樂觀呢？」

『在他死之前，我會一直握著他的手。』

她輕描淡寫地這樣說。她沒有過問什麼，直接給了答案。

「妳好堅強。」

『養過孩子之後，不論是誰都會變得堅強喔。』

「有沒有簡簡單單就變堅強的方法？」

『軟弱一點也沒差吧？雖然這種話由我來說有點那個，你這孩子已經長成一個很溫柔的人了呢。』

「別說了。」

我已經害羞得連耳朵都發紅了。

『會與人保持距離呢，也是因為小驅很年輕嘛。』

「就叫妳別再說了。」

『如果只是要待在另一個人的身邊，強不強並不重要喔。』

——請你待在她的身邊。這樣就夠了。

「謝謝。」

我不由自主脫口而出。

媽媽拋下「要多少錢我都會匯給你」這句話，掛斷了電話。看來她似乎以為我是缺錢不敢開口。

我躺在床上看著天花板。

突然好想見冬月。蟬鳴聲和一股暖風從打開的窗戶送了進來。

＊

自從冬月的探視禁令解除後，我每天都去看她。

進入八月之後，氣溫日漸炎熱。

天空中的太陽散發著白色的光輝，彷彿企圖焚燒大地。路面被烤得滾燙，從腳下照上來的反光也相當強烈。在這種渾身遭受來自天空與地面兩面炙烤的情況下走五分鐘的路，T恤就汗水淋漓地貼在身上。我要融化似的從宿舍走大約兩公里的路程前往醫院。

聽說癌症病灶已經縮小，冬月正積極地恢復體力。

穿過灼熱的地獄走進開著空調的醫院瞬間，那種身體一口氣變涼爽的感覺簡直就像置身天堂。我平復急著想見她的心情，用除臭溼紙巾擦去瀑布般的汗水朝病房走去。

「我是空野。」

「謝謝你每次都來幫忙。」

「今天也要過去嗎？」

我告訴從床上放下雙腳的冬月拖鞋的位置，讓她抓住我的左手臂。冷冰冰的手輕輕碰到我，隨後再加上冬月的重量。

我們極其緩慢地走出病房。

冬月緊緊抓著我的左手臂一步步走著。

我沒有與正在努力的冬月交談。雖然沒有對話，她的想法仍然透過手臂傳達給我。當她站不穩時，抓著我的手臂便會增加施力；而當她能自己行走時，那股力道就會變弱。冬月始終帶著認真的表情，目光直視著前方。

通常只需三分鐘的路程，大約花了十分鐘才走到平常那個空中花園。我們在那裡稍作休息，然後再回到病房。根據冬月的狀況，我們會盡可能每天都做這樣的散步。

「好，到了喔。」

空中花園裡有處陰涼的地點，放了飲料自動販賣機。在自動販賣機前有塑膠製的園藝桌椅，看起來就像大學的露天座位一樣。

「要喝點什麼嗎？」

「我能自己買。」

「真不愧是妳的專屬販賣機呢。」

「請不要說那種話。」

我帶著冬月走到自動販賣機前。冬月數零錢時笑了。

空中花園的自動販賣機跟大學裡的一樣，都是賣杯裝飲料，只是按鈕的配置稍有不同。

我告訴冬月奶茶的按鈕，以及調整砂糖量的按鈕在哪裡。

冬月選擇略多加糖的奶茶。

即使失去記憶，這個喜好似乎依舊沒變。

我讓冬月坐下來，將杯子放在她面前。冬月雙手輕柔地捧住杯子，直接用雙手拿杯子喝起飲料。

「好喝嗎？」

「甜甜的奶茶最棒了。」

「小心會蛀牙喔。」

「我從出生就是這樣，還不曾蛀牙。」

「聽說口腔裡沒有蛀牙細菌的人就會那樣。但是會因為接吻之類的行為遭到傳染喔。」

「是這樣啊？那麼沒有相當大的決心就沒辦法接吻呢。」

冬月這麼說著，臉上露出微笑。看著她緩緩喝著奶茶的嘴，我想起和冬月接吻那天。

那天冬月是不是帶著「相當大的決心」吻了我呢？

我好想問她。

可是，假如她沒有記憶，即使問了也沒有意義吧。

心中充滿了鬱悶、難受，還有羞澀。

突然間，腦中浮現出冬月在那時候靠向我的臉龐。

臉頰瞬間發熱，只好一口氣喝光杯中的果汁，嚼著小冰塊發出「喀啦喀啦」的聲音。

我深吸一口氣，抬頭仰望天空。

頭頂上的天空是那麼藍。或許是因為從陰影處望向光線強烈的地方時會感到很刺眼，讓天空的藍色看起來更加鮮明了。

天空中一片雲朵也沒有，大樓風吹拂著我的臉頰。

冬月像喝熱飲一樣喝著冷飲，視線直直地投射過來。看到她露出呆滯的眼神，雙手捧著杯子的動作，不禁讓我覺得她好可愛。

「空野同學？」

「嗯？」

「我還以為你走掉了。」

「因為我隱藏了氣息呀。」

「真會欺負人呢。」

看著露出笑容的冬月，我希望這樣的時光能夠一直持續下去。

＊

「你不覺得麻煩嗎？」

某天，看起來身體不適的冬月將全身的重量靠在床上，疲倦地這麼說。

「不只眼睛看不見，身體也不好。你應該把時間用在能正常看見東西，身體健康的人身上才對。」

「發生什麼事了？」

看得出來冬月今天的情緒不太穩定。

過了一會兒，冬月終於開口說：

「雖然癌細胞縮小了，聽說可能已經轉移到其他地方了。」

彷彿在談論別人的事情，她的語氣很平淡。

她的手臂上插著點滴，說話的速度似乎變慢了，看起來很痛苦。

「妳——」

——妳還好吧？

正當我想開口這麼說的時候。

「那是騙人的。」

「咦？」

「騙人的。騙人的。騙人的。騙人的。」

冬月抬頭望向天花板，提起嘴角擠出一個笑容。

「都已經決定好要堅持到看完煙火了，當作我沒說過剛才那些話吧，不然氣氛未免太悲戚了。」

「不用勉強自己……」

「醫生曾經這麼說。」

冬月的眼角泛著淚光，擠出一張微笑。

「笑容可以趕走癌症。」

——所以我必須笑。等到狀況變好之後再繼續練習走路。

冬月這麼說著，然後笑了。

看著她蒼白的臉龐露出燦爛的笑容，我的胸口感到一陣沉悶。

我利用冬月看不見，按住自己的胸口。原本我應該說些「會治好的」、「沒事的」之類的話，結果卻一句也說不出口。

「我十月時就要轉到北海道的醫院去。」

聽到這麼突然的事，我不禁發出「咦？」的聲音。

「其實我還在猶豫是否要轉院。北海道的合作醫院有種叫做質子治療的設備，他們問我要不要去那裡。」

但是呢——冬月稍微清了清喉嚨，繼續說下去。

「如果在去北海道之前，能用藥物讓癌細胞縮小……」

「我會為妳加油。」

「拜託你不要跟到北海道來喔。」

冬月微微一笑，眼淚滴落在枕頭上。

「放煙火的日子已經決定好了。」

「是哪一天？」

「九月第四週的星期六。努力到那個時候，把癌症趕走吧。」

「努力……」冬月喃喃說著。

「我想拜託你一件事。」

「好啊。」

「咦？」

「嗯？」

「你不問我要拜託你什麼嗎？」

「那一定是我能做到的事吧？」

我願意為她做任何事。冬月小聲地說了句：「謝謝。」

她慢慢把放在枕邊的書遞給我。

「我想請你讀這本書給我聽。」

那是冬月經常在讀的那本白頁書。

「我不會讀點字耶。」

「請你學起來。」

「別強人所難啊。」

冬月發出混著咳嗽的笑聲。

「那是《安妮日記》吧？我下次去找一本來。」

謝謝——冬月緩緩地說著，然後就這樣睡著了。

從那以後，我去探病時就會唸書給冬月聽，這成了我的日常行程。無論冬月身體狀況好或不好，我都會經常去看她。

讀《安妮日記》大約到一半的某一天。

「空野同學，你的聲音啞掉了，該不會得了熱感冒吧？」

「畢竟我每天都被逼著唸出那麼多字嘛。」

就在冬月輕輕笑著的時候。

她突然嗆到，接著就咳得停不下來。

她的喉嚨深處發出咻咻的喘氣聲。我急忙按下護理師鈴對她說：「沒事的、沒事的。」

不停地安慰她。「嘟嚕嚕嚕嚕嚕、嘟嚕嚕嚕嚕嚕」——護理師鈴的聲音不斷迴蕩在耳邊。

*

冬月進入加護病房大約兩個星期。當她從加護病房出來時已經是九月，暑假結束了。

「在看到煙火之前，我不會死。」

冬月的枕邊擺著千羽鶴，好像是鳴海在船上摺出來的。同系的同學們也一起幫忙，大家合力摺出了三串千羽鶴。

冬月住院的消息在大學裡傳開，認識冬月的人都在為她加油。

冬月在大學裡似乎相當有名。學校裡流傳著「有個超漂亮的女生在小跳步耶」，或是「露天座位的天使」之類的傳聞。

大學舉行了期中考，我勉強通過了考試。

可是有幾門選修科目沒拿到學分。

沒關係。學分還可以再修，現在更重要的是冬月的事。

「兒童煙火節」將會在下星期舉行。

9. 兒童煙火節

＊

舉行兒童煙火節那天是個晴朗的好天氣，從白天開始大學裡就陸續有煙火製作公司的人員進駐進行準備工作。

下午三點去探望冬月的病房時，她已經坐在輪椅上了。

冬月的媽媽也在病房裡，微笑著期待今天的活動。

「空野同學，今天就拜託你了。」伯母說。

「請多指教。」

「我們還借了輪椅喔。」

伯母說是為了今天的活動向醫院借的。由於數量有限，很不容易借到。

「空野同學，你可以帶小春去花園嗎？」

「媽媽！」

「有什麼關係，就跟他去約會吧？」

「我們不是那種關係。」

坐在輪椅上的冬月否定我們的關係。

「沒必要否定得那麼用力嘛。」

我笑了笑，冬月害羞地小聲說：「可以幫我推輪椅嗎？」

「那我推嘍。」

剛開始出了點力後，輪椅就順利前進，比想像中還要輕。當意識到她的重量那麼輕時，要說我沒感到震驚是騙人的。彷彿冬月的質量正在從這個世界消失的感覺透過手傳了過來，讓我心痛如刀割。我開始擔心這股心痛會不會讓一直努力到現在的冬月感到悲傷。

我強作鎮定，帶著冬月前往空中花園。

空中花園上方的天空一片開闊。不知何處傳來了蟬鳴，還有樹葉摩擦的聲音，讓人感覺很舒服。

「要去自動販賣機那邊嗎？」

「我想喝奶茶，可是……」

「喝不完的話，我幫妳喝掉。」

「麻煩不要那麼寵我。」

「寵？寵什麼？」當我這麼一問，冬月就低下頭說：「沒什麼。」

我買了杯略多加糖的冰奶茶給冬月。

她用雙手捧著杯子，像喝熱飲一樣慢慢地品嘗。

「總覺得妳今天很有精神呢。」

「因為我很努力了，才能勉強撐下來。」

明天之後，冬月的生命燭火會不會就此熄滅呢？

她的話音就是給人如此的感受。

掌心滲出了汗水。

「今天還不是終點喔。」

「咦？不是說好要以撐到看見今天的煙火為目標嗎？」

「那只是中途目標。」

「真是狡猾呢。」

「妳不是要換間醫院治療嗎？」

「我的手……」

冬月轉過身來，向我伸出手。

「可以握住我的手嗎？」

她伸出的手正在發抖。當我握住那隻手時，感覺到它很冰涼。

「好暖和啊～」

「別把別人的手說得像是熱飲好不好。」

「哈哈哈。熱飲……別逗我笑了。會痛耶。」

「抱歉、抱歉。」我笑了出來，緊接著冬月繼續說：「我呢——」

「我很感謝空野同學。現在的我已經有絕對不能輸給病魔的想法了。」

看著說出那種話的冬月，我不禁盼望病魔能夠就此消失。

如果它能像什麼事都沒發生過一樣，離開冬月的身體就好了。

我由衷地這麼想。

但願如此努力的冬月，能有某種得到回報的未來。

我由衷地如此盼望。

我們彼此沉默了一會兒，然後冬月說：「如果——」

「嗯？」

「算了，沒事。」

什麼啊。

沒事啦、沒事啦。

聊完之後，我把冬月送回病房。

「下午我會再來接妳。」我這麼表示，然後回到大學。

對了，冬月畫的煙火。

那會是什麼樣的煙火呢？

我在路上如此思考。

回到大學時，就看到校長正在跟早瀨打招呼，兩人聊著「狀況怎麼樣」之類的話題。

關於這場「兒童煙火節」活動，也許是我們在附近的商店街發了傳單，變成了備受地方居民期待的活動。因此大學那邊也很關心此事，校長表示要是這次活動成功，想要將其發展成每年的固定活動。

檢查煙火準備狀況的鳴海扭開寶特瓶的蓋子向我問道：

「冬月怎麼樣了？」

他發出咕嚕咕嚕的豪邁喝水聲。

「看起來很有精神喔。」

「院方今天有給冬月外出許可嗎？」

「冬月的媽媽正在跟主治醫師商量。按照那個情況，應該沒問題吧。」

那真是太好了——鳴海這麼說著，又喝了一口水。

九月底乾爽的風從T恤的袖子灌進身體。

雖然感覺很涼爽，太陽光依舊強烈。

我在自動販賣機那邊買了一瓶氣泡水，扭開瓶蓋後發出「噗咻」的聲音。

「那些孩子有多少人可以參加？」

「得到外出許可的大概有一半吧。」鳴海回答。

鳴海負責向孩子們的父母進行說明，以及引導他們前往會場。

煙火預定在太陽下山後的六點開始施放。

「沒辦法欣賞到煙火的孩子們太可憐了。」

「關於這點，我們已經考慮到了。」

「真希望能成功呢。」

當我對鳴海這麼說，他就回答：

「希望冬月看到煙火後，能夠成功讓她回想起什麼。」

「這個嘛……是那樣就好了。」

聽到我如此回應，鳴海失神了一下。我告訴愣住的鳴海差不多該去接人了，然後朝醫院走去。

我們在醫院裡向今晚要前往大學的父母與小孩進行說明。

對於打算搭乘計程車的人，我說明在哪裡停車會比較近、哪裡有座位，並且發手繪的地圖給他們。

說明結束後，我向鳴海道別，朝冬月的病房走去。

我壓抑不住雀躍的心情，忍不住在醫院裡快走起來。

這樣一來冬月的願望就能實現了。

就在我這麼想著，跨入七樓西棟的走廊時。

冬月的房門是開著的。

有種不好的預感。

我聽到幾個人的腳步聲。

有種不好的預感。

「冬月小姐！您還好嗎！有意識嗎？要為您抽痰嘍！」

我聽到醫生的聲音。

回過神時，我已經朝病房跑去。

「冬月！」

我在入口朝房間內大喊，冬月的媽媽正捂著嘴看著自己的孩子。

「等一下，你讓開！別進來！」

護理師小姐大喊。

讓開！別過來！她的口氣很不客氣。我一愣住，就被推到了走廊上。

其實我在心底某處期待著，當冬月出事時，知道我經常來訪的護理師會說：「趕快來對冬月小姐說幾句話。」

可是在當前的情況下，我只不過是個礙事的傢伙。

大家都帶著拚命的表情在做自己的工作。

恐懼彷彿纏著我的腳不放。

我動彈不得。膝蓋在顫抖，腦袋一片空白，整個人癱坐在地上。雖然我不知道什麼東西真的假的，仍然喃喃自語說著：「這不是真的，這不是真的，這不是真的。」整個人無法接受現實。

我想從口袋裡拿出智慧型手機時，這才發現手在發抖。

得趕快告訴鳴海，也得聯繫早瀨，然而越思考就越慌張。

回過神時，我已經撥打一一九。在電話聲響起之前，我先掛斷了。

*

大概在下午五點左右，伯母從病房走出來，對離開的醫生和護理師深深一鞠躬。

「冬月沒事吧？」

「不好意思讓你擔心了，空野同學。她只是稍微吐了點血，血液跑進氣管裡呼吸不過來而已，現在已經沒事了。」

發生吐血這種狀況可以說沒事嗎？

「有件事想拜託你。」

「什麼事？」

「我有點……」

欲言又止的伯母緩緩地說。

——有點累了。

含著淚水的伯母臉色很蒼白。

大概經歷過很多次這種狀況吧。

她每次都會露出這樣的表情嗎？

好心痛。

我揪著T恤的胸口忍住疼痛。

「能不能請你陪在那孩子身邊？」

「我知道了。請您好好休息吧。」

這麼說著，我就像接替她似的走進冬月的病房。

我坐在窗邊的椅子上，靜靜地看著冬月沉睡的臉。

看著她的睡臉，一股不安襲上心頭，因此我擔心起她還有沒有呼吸。

等看到她的胸部起起伏伏，我才安心下來。

她還活著。只要知道這點，我就放心了。

我不禁心想，自己還真是談了一場無比艱難的戀愛。

已經好幾次都差點崩潰，又再重新振作起來。

可是我已經深受冬月的笑容吸引。我想再見到那樣的她。

給鳴海發了LINE之後，他回了一句：「太好了。」

接著他補上一句：「如果冬月醒來了——」

一旦進入九月底，太陽大約在五點半就下山了。

我沒有打開病房的燈。

在一片漆黑中拉起窗簾，稍微開了點窗。

東京的城市光輝透進房間，沒有讓室內完全陷入黑暗。

冬月醒來時，開口第一句話說：「空野同學？」

「嗯？」

「我感覺到你了。」

「妳可以察覺到我的氣息了啊？」

「畢竟在一起這麼久了嘛。」

冬月用沙啞的聲音笑了笑。

「現在幾點了？」

「下午五點五十分。」

「看來趕不上煙火了。」

「今天禁止外出。」

冬月開玩笑似的「哎呀」一聲，眼中卻泛著淚光。

「明明已經這麼努力了。」

淚珠滑落，打溼了枕頭。

「運氣真差呢。」

冬月用雙臂蓋在眼睛上，想要止住溢出的淚水。

我走到哭出來的冬月床邊輕撫她的頭。

「沒關係喔。」

「什麼沒關係啊。」

冬月揮開我的手。

「不是已經來不及了嗎？」

明明已經這麼努力了——冬月低聲抱怨。

「明明都這麼努力活下去了。」

只要一點也好，我想給幾乎放棄，但是又努力掙扎著活下去的冬月一絲希望。

我再次撫摸語帶哽咽的冬月的頭。

「沒關係，還來得及喔。」

「什麼意思？」

我拿出智慧型手機要她等一下。

「雖然有點不夠震撼啦。」

我這麼說著，按下連線的按鈕。

「嘟嚕嚕、嘟嚕嚕」的聲音響起，接著是早瀨的聲音。

『小春，妳沒事吧？』

「這是怎麼回事？」

或許是突然聽到早瀨的聲音，冬月發出困惑的聲音。

「視訊通話。我們今天就在這裡一起看吧。」

『我也在喔！』

鳴海的聲音傳了過來。只不過鳴海的畫面背景不是戶外，而是粉色的壁紙。

『我在兒童遊戲室用大螢幕播放煙火，正在和不能外出的小朋友們一起觀賞。』

『加油啊，鋼琴大姊姊！』小朋友的聲音傳了過來。

「什麼嘛，未免太高科技了吧。」

謝謝你們——冬月感動地流下淚水。

冬月伸出手，想要摸到我握著智慧型手機的手。我握住冬月的手，將它放在我的手上。

智慧型手機螢幕上有我、冬月、早瀨以及鳴海。很久沒在一起的四個人，如今總算齊聚一堂。

看到我們四個人的臉，我忍不住感到無比喜悅。

「差不多快要開始嘍！」

早瀨將智慧型手機從前鏡頭切換到後鏡頭。

「三、二、一」的倒數聲響起。

「咻」的一聲，一道光呼嘯著衝上天空。

下一瞬間——「砰！」，黃色的煙火綻放開來。

昏暗的房間裡，煙火在我手中的智慧型手機螢幕中燦爛發光。

智慧型手機的喇叭傳出「砰砰砰」的聲響。

大約五秒後，窗外傳來了爆炸聲。

「空野同學。」

「嗯？」

「告訴我狀況。」

「好的。」

冬月緊緊地握著交疊的手。

「剛剛施放的是黃色的煙火。它炸成圓形，然後帶著殘影消失了。」

「嗯。」

「這個叫什麼來著？煙火爆開後會像垂枝櫻花一樣留下軌跡。」

「漂亮嗎？」

「超漂亮的。」

我對冬月一一進行說明。

描述現在發射的是什麼樣的煙火，然後它們如何消失。

「太好了。」

冬月的頭輕輕撞到我。

我轉頭望向她的側臉，發現冬月正在流淚。

「能和大家一起看煙火，真是太好了。」

智慧型手機螢幕閃著黃光發出聲音。窗外連續響起「砰砰砰砰」的巨響。

早瀨的聲音傳了過來。

『在這場兒童煙火節裡，煙火將會描繪出孩子們所畫的圖。這種煙火叫做造型煙火，是將火藥做成圖畫的形狀，在夜空中以光的形式展現出來。今晚就請各位好好欣賞，承載了孩子們夢想的煙火吧。』

好了，接下來就是孩子們的煙火。

『首先是最喜歡媽媽笑容的廣人小朋友的煙火。』

笑臉圖案的煙火升上天空，接著是盛開花朵的圖案。根據介紹，那是一位治好病以後想開花店的小朋友。早瀨一個接著一個地介紹，煙火一發接著一發地升上天。

智慧型手機傳出孩子們開心的聲音。

「大家都很高興呢。」冬月開心地喃喃。

我對那麼說的冬月問道：「妳為什麼會喜歡煙火呢？」

她第一句話是：「或許是憧憬吧。」

「我認為煙火是會烙印在心裡的東西。

小時候，我有段時間身體很差，心情一直很鬱悶，

當時我們全家人去看了場煙火。

一顆大型煙火升上天空，

我回頭一看，發現大家都抬頭仰望天空。

不知道為什麼，我覺得自己能鼓起勇氣繼續努力。

即使在垂頭喪氣的時候，只要回想起抬頭看煙火的記憶，感覺就可以繼續努力下去。」

冬月正在觀賞煙火。

觀賞記憶中的煙火。

觀賞過去她仰望的煙火。

回想著抬頭欣賞的回憶。

即使再也看不見東西，她仍然用那雙眼看著。

看到她臉上露出開心的笑容，我的心中百感交集。

胸口好悶。好開心。眼眶熱了起來。

不知道該怎麼形容這種感覺。

我只是希望與看不見東西的不安奮鬥的冬月，能再一次抬起頭來。

冬月聽著孩子們的煙火聲音緩緩說道：

「我也好想過一段足以留存他人心中的人生。」

她這麼說。

也許是因為體悟到生命的短暫，才會憧憬煙火那種轉瞬即逝的光輝吧。

「我的心中，就有冬月在。」

從我口中說出的話，帶著哽咽。

或許是察覺到我的哭腔，冬月開玩笑似的笑著問我：「真的嗎～？」

緊接著智慧型手機那頭傳來鳴海的聲音說：『我也有啊。』

「呃，鳴海，你也在聽嗎？」

『我這邊也聽得到喔～』早瀨說。『小春，開心嗎～』

「很開心喔～」冬月回答。

那麼，下一個是小春的煙火了。

早瀨這麼說著，開始了她的介紹。

「咦、咦？我要在空野同學旁邊看我的煙火嗎？」

『雖然她屢屢遭受疾病折磨，仍然對扶持她的人滿懷感謝之情——』

「咦、咦？感覺好害羞喔。空野同學，拜託不要看啦。」

雖然冬月那麼說，已經來不及了。

隨著「砰」的一聲，煙火在天空中綻放。

然後——

一個巨大的愛心出現在夜空之中。

「是愛心。」

「不用說我也知道！圖是我畫的，我當然知道！不要大聲說出來啦。」

「妳幹嘛自己在那邊害羞啦。」

我這麼吐槽，她就嬌嗔一聲：「囉嗦。」輕輕打了我一下。

『好了，最後是空野驅同學的煙火。』早瀨說。

這麼說來——

聽到早瀨的話，我想起自己也畫了煙火的圖案。

「你也畫了嗎？」

「咻」的一聲，夜空中劃過白色的軌跡。正當以為煙火消失時，光芒隨即迸放而出，發出一聲巨響。

「是什麼形狀的？」

冬月一臉壞笑地望向我。冬月的臉就在面前。雖然稍微瘦了點，那張沒有改變的笑容仍然讓我心跳加速。

在夜空中燦爛生輝的煙火形狀，竟然和冬月是一樣的。

「冬月啊……」

「什麼事？」

「之前我沒有直接說出口……」

我的嘴不由自主地動了起來。

一直忍到現在的話。

一直壓抑著，一直藏在心裡的話。

那些話就像迸放的煙火，情不自禁地脫口而出。

「我喜歡妳。可以讓我一直待在妳的身邊嗎？」

♪

和空野同學接吻的那天，我因為貧血在家裡昏倒了。

我原本開玩笑地想著，這也許是相思病吧。可是很愛擔心的媽媽帶我去看了急診，結果在X光照片上發現了陰影。

隔天進行了詳細的檢查，被診斷出癌症轉移，可能已經進入第四期的階段。就在我當場被告知需要住院，準備行李的時候——

當然，比起自己的身體，當時我腦中想的更多的是驅同學的事。

如果我表達心意……

萬一這份心意真的被他接受了。

驅同學可能會白白浪費自己的時間。

要是我死了，他可能會留下心理創傷。

現在的話，還來得及回頭。

他一定能找到其他對象。我這麼想著，同時大哭起來。

會哭得那麼悲傷是當然的。因為我喜歡他。因為我必須放棄這份感情。

就在那個時候。

優子發來了LINE。

訊息裡似乎還附了一段影片。我點了開來。

『大家聽著————！』

是驅同學的聲音。

『我在這裡有個重大宣布！』

他要耍什麼寶吧。

我本來還在想，這個時機糟透了。

『我，空野麴……』

啊，吃螺絲了。

呵呵。好，我決定永久保存這段影片。

就當成是初戀&失戀的紀念，好好保存它吧。

我想著想著，眼淚又不自覺地流了下來。

啊啊，好痛苦。

真的好痛苦。

就在我這麼想的時候。

『我空野驅，最～～～～～喜歡冬月小春了！我想要和她交往～～～～～～～～～～～！』

這個時機真的糟透了。

驅同學用他的聲音。

——喜歡。

這麼說。

好開心。好開心。我不可能不開心。

然而，與此同時我也告訴自己，這不是應該感到高興的事。

不能再前進了。會傷害到驅同學。

所以，我決定了。

默默地從大家面前消失吧。

就算再次遇見驅同學，也要裝作不認識他。

直到驅同學放棄為止。

直到他忘記我為止。

「這樣一定會很痛苦吧……」

我意識到自己不經意地說出這樣的自言自語。

淚珠潸潸溢出。

這次我真的厭惡起自己的命運。

難道除了生命之外，連這麼重要的感情都要被奪走嗎？

好難過、好不甘心、好痛苦。自己必須忘掉驅同學。這種事越想，內心就越亂成一團。

大哭一場後，仍然不知道該怎麼辦才好，結果又因為對身體狀況的不安，讓我越想越痛苦。

好痛苦、好痛苦，我不知道該怎麼辦才好了。

然後我終於——

終於尖叫著把智慧型手機扔了出去。

*

「為什麼你就是不肯放棄我！」

冬月用手臂按住眼睛，淚水就像潰堤般泉湧而出。

「我——」

在嗚咽聲中，她一點一點地說：

「活不久了。」

嗚嗚地啜泣著。

「反正——」

——我都要死了。

說出這種殘酷的話。

冬月一定很不安吧。

用看不見明天的身體前進，是一種恐怖無比的事。

在宛如於夜晚閉上眼睛奔跑的恐懼中，她不想連累任何人，選擇了孤獨。

在那樣的冬月面前，在那樣的心愛之人面前，我能為她做些什麼呢？

「冬月，妳看得見嗎？」

我握住冬月的手，把她的手貼在我的臉頰上。

兩人的臉近得彷彿能接吻，雙方凝視著彼此。

當然，冬月的眼中映不出我的臉。

可是——

冬月觸摸著我的臉，確認我的表情。

原本冬月還因為我這種突然的舉動而當場愣住，結果她的表情變得越來越氣憤。

「你在笑什麼啊！」

冬月大喊。

我則朝冬月露出自己能展現的最燦爛笑容。

「因為——」

「因為你個頭啦。我可不是在開玩笑！」

「因為——」我繼續說。

——不是說笑容可以趕走癌症嗎？

「咦？」冬月瞪大眼睛。

「要自己一個人笑應該不容易吧？」

冬月傻愣在原地。

「那麼跟我一起說說笑笑不就好了？我覺得妳應該需要有這樣的人陪伴。」

冬月流著淚，露出不知是在哭還是在笑的表情，然後又大喊一聲：「真是的！」

「驅同學……真的是個笨蛋。」

好久沒聽到冬月說出「驅同學」這個名字了。

我想這代表冬月終於讓步了。

該怎麼說呢？總覺得心中充滿了暖意，視線被眼淚弄得十分模糊，淚水滴滴答答地溢了出來。

「果然是這樣。」

「什麼果然是這樣啊？」

「有時候冬月會差點笑出來……還有上次妳不是說書籤是『我的書籤』嗎？妳很久之前說過那是上大學之後做的。」

「我有那麼說過嗎？」

「有啊。冬月說過的每一件事我都記得。」

我這麼說完，她就拍拍我的肩膀。正確來說，是我的肩膀剛好在她捶下拳頭的位置。

我叫了聲：「好痛。」她就像耍性子似的喊著：「笨蛋笨蛋笨蛋。」那副模樣好可愛。

「你知道我是帶著什麼樣的心情……」

冬月不斷用粉拳捶著我。

「給我忍住。」

大顆大顆的冬月眼淚滴落在地板上。

我對那副模樣的冬月說：

「謝謝。」

「笨蛋！有什麼好謝的啊！」

我被她用相當大的力氣打了一下。

「因為……那都是為了我吧？」

冬月陷入沉默。

在沉默一會兒之後，她又開始一邊喊著：「笨蛋笨蛋笨蛋。」一邊打我。

「驅同學。」

「嗯？」

「我很開心你對我告白兩次。」

「嗯。」我點了點頭後，她便回答：「對不起喔。」

「妳在為了說謊一事道歉嗎？」

「那是一部分原因。」

「那還有什麼？」

「為我這樣的身體道歉。」

「沒關係。不是說會康復嗎？」

我這麼說著，輕撫冬月的頭。

「存活率很低喔。」

她沒有放棄痊癒的希望。

「就說沒關係啦。會康復的。」

冬月的眼淚又滴滴答答地流了下來。

冬月點著頭說：「我會努力。」

「我相信妳。」

「我會努力的，請相信我。」

她皺起哭得稀里嘩啦的臉，一次又一次地點著頭重複說：「我會努力。」

「我在想要不要跟去北海道耶。」

「不行。你要好好上大學。」

「我放長假的時候會去探望妳。」

「那要花很多錢喔。」

「我會去打工。」

就像在玩鬧似的嬉戲，我們就這樣手拉著手。在那之後，我們花了一點時間把一直沒機會說出的心裡話說給彼此聽，和對方一同歡笑。

10. 兩朵紅花蕾

＊

「怎麼樣？適合我嗎？」

冬月攤開穿著浴衣的雙手，對我露出微笑。

那是十月中旬的事。

看準冬月體力恢復的時機，她準備前往北海道的醫院。

就在轉院前一天，我們得到冬月的外出許可，決定在大學施放那些在淺草橋買的煙火。

當我去病房接冬月時，她已經換上了浴衣。

應該是伯母幫她穿的吧。只見伯母笑著對我說：「很適合她吧。」

那應該是煙火的花紋吧。她穿著在白色布料上畫有素雅低調煙火花紋的浴衣，繫上文殊蘭花紋的腰帶。冬月露出後頸，漂亮得像標準的日本美女。

雖然冬月很適合穿洋裝或襯衫等西式服裝，我現在才知道這樣的和服也非常適合她。

冬月紅著臉。由於看不見我的反應，她顯得有點坐立不安。

「難道不適合嗎？」

冬月帶著不安的聲音說。

「如果冬月去參加浴衣選美比賽，我覺得妳會贏得冠軍喔。」

「麻煩請稱讚得更直接一點。」

我明明稱讚了她，冬月卻還是鼓起了臉頰。

「非常漂亮喔。」

也許是對我的話感到滿意了，穿著浴衣的冬月緩緩地轉起身體。

轉著圈的冬月在面向我時停了下來。

「終於可以穿上了。」

冬月的話音中帶著一絲哽咽。

她終於得以穿上在住院之前就想穿上的浴衣。

光是這樣就讓人覺得彷彿奇蹟發生了。

我感覺生命之火並未熄滅的冬月為我的日常帶來了色彩。

「終於可以向驅同學炫耀了，希望你一生都不會忘記。」

「這樣的事……我一生都不會忘記喔。」

「太好了。」

冬月露出笑容，我握住了她的手。

我們走到大學的草地廣場時，鳴海和早瀨已經準備好煙火了。

與奔馳於透明之夜的你，
談一場看不見的戀愛。

「要放大的嘍～！」

鳴海和早瀨在草地廣場的邊緣舉起手。

鳴海點燃從淺草橋的煙火專賣店買來，有著「雷神」這種誇張名稱的煙火。

「啪」的一聲，然後一道光「咻」地升起，聲音瞬間戛然而止。

下一刻，煙火就像撕裂黑暗般綻放開來。

「砰砰砰」，清脆的聲音響起。

夜空中散布著火藥的氣味。

大學的草地廣場被紅色、藍色、黃色等各種光芒照亮。

穿著浴衣的冬月在草皮上開心地微微跳了起來。

「好大的聲音喔！」

冬月看起來很開心。她握住我的手小聲地說：「告訴我是怎麼樣的。」

我向冬月描述煙火的樣子，告訴她紅色、藍色、黃色的煙火是如何妝點夜空。

「……太好了。」

看著說出這種話的冬月，我又差點要哭出來。

就像吹奏著音樂，煙火發出劈啪聲與金色光輝。

大部分的煙火放完後，早瀨和鳴海向冬月說：

「小春，到北海道之後也要加油喔。」

「我們會為妳加油。」

冬月笑著說：「我會好好把病治好回來。」

緊接著她突然閉上嘴，頓了一下之後又說：

「我不會再從大家面前消失了。」

她緊握著浴衣的衣襬如此說。

她之前擅自搞失蹤。

冬月應該是在意那件事吧。

面對臉上彷彿寫著「對不起」三個字的冬月，早瀨和鳴海互看了一眼。

「那是當然啦。」早瀨說。

「下次真的要裝GPS嘍。」

聽到兩人笑著這麼說，冬月似乎放心了，眼中泛出淚水。

「先別說這些了，煙火還有呢。我們再來多放一些吧。」

「小春，妳還可以嗎？要坐嗎？會不會冷？」

之後我們又欣賞了一會兒煙火。

冬月握著我的手，用只有我聽得見的聲音輕聲說：

「真高興能和他們兩個做朋友。」

你不這麼覺得嗎——她對我露出笑容。

＊

和早瀨和鳴海道別之後，我把冬月送回醫院。

我們走下計程車，陪她走到病房。這時她將手輕輕放在我的左臂上說：

「我們明天起就見不到面了，所以我還想再多待一會兒。」

她沒有直接把「我想和你在一起」這種話說出口，而是稍微加大抓住我手的力道。

我提議去我們常去的露天座位，朝著醫院的空中花園走去。

露天座位那邊沒有其他人，只有我們兩個。

「好舒服的風。」

這是我第一次在夜晚來到花園。

東京的夜晚很明亮。

有時候會讓人感到很詭異。

彷彿夜晚的黑暗與城市的光芒之間有一層透明的薄膜，整個都市被完全包裹起來。那是一種既像受到保護，又像逃不出去的詭異感。

這應該就是看著如此明亮的東京時，會感到某種不安的原因吧。

無法看見天空的冬月，對這樣的夜晚又有什麼樣的感受呢？

我打算下次聊聊看。

建築物、車輛和路燈從下方照亮花園。

讓空中花園看起來宛如從底下打光的舞臺。

而月亮就是聚光燈，我和冬月彷彿登上了舞臺。

舞臺上，穿著浴衣的冬月沐浴在月光之中。

我看著那樣的冬月心想：「啊啊，我真是無可救藥地喜歡上這個人。」臉頰燙了起來。

「在淺草橋買的煙火能派上用場真是太好了。」

「之前還一直堆在我房間呢。」

「畢竟那時候我的精神還很好嘛。」

冬月按著胸口。

「等我恢復健康，可以再和我約會嗎？」

「我考慮考慮。」

「你好欺負人喔。」

冬月瞪了我一眼，我連忙道歉。

「約會這種事隨時都可以喔。我們什麼時候都可以出去玩。」

「要去哪裡呢？」

「去哪裡都行。山上、河邊、逛街，或是去遊樂園……」

與奔馳於透明之夜的你，
談一場看不見的戀愛。

「我想去看看驅同學出生的地方。」
「可以啊。那裡有一片我經常看的海。」
「海嗎？」
我老家那邊有一片海流湍急，彷彿能不分好壞沖走所有事物的海。
那片大海讓我意識到，當腦中的一切不分好壞地隨著時間流逝，空空如也的我所剩下的就只有此時此刻。
不是這樣嗎？
自從遇見冬月後，我開始認為所有事物都會隨流而逝，唯有當下永存。正因為遇見活在當下的冬月，使得拒人於千里之外、玩世不恭的我改變了。
我想和改變我的冬月一起去那個地方。
我滿懷深深的情意和感激，緊握住她的手。
即使知道她看不見，也仍然想和她一起沐浴在海風之中，在海邊散步。
「好期待喔。那就得活到那時候才行呢。」
冬月抬頭望著天空。
她那雙看不見的眼睛，彷彿能看見東京夜晚的透明薄膜。
如果說那裡有片詭異的薄膜，她大概會一笑置之吧。
我覺得無論在什麼樣的夜晚，冬月都已經能夠邁開步伐奔跑了。

「淺草橋買的煙火裡還有仙女棒呢。」

「可以在這裡點嗎？」

「應該不行吧。」

說得也是──冬月笑道。

「不過，大概也不會被發現吧？反正就今天而已，院方應該會睜一隻眼閉一隻眼。」

「你想拉我當共犯嗎？」

「應該說我打算讓冬月成為主犯。」

你又來了──冬月傻眼地笑著說。

「來比賽吧。看誰的仙女棒燒得比較久。你有帶打火機嗎？」

「有。」

「你早就想玩了吧？」

冬月拉著我的手臂蹲下來。

「靠過來點，不然火會被風吹熄喔。」

「妳就老實說想貼過來嘛。」

「那我就貼過去吧。」

冬月貼過來幫忙擋風，我突然聞到她的味道。那是一股讓人安心的味道。

我用打火機點燃仙女棒，仙女棒照亮了冬月的臉。

我們肩並肩凝視著仙女棒。

仙女棒在我手中劈啪作響發著光芒。

我希望冬月能活得比這道火光還要久。

就算只多一秒也好，我衷心盼望她活得比我還久。

劈啪、劈啪、劈啪，膨脹變紅的燃燒處飛濺出火星。

火星畫出如細長葉莖般的光芒，閃耀著開出花朵，然後在轉瞬間消逝。

仙女棒就這樣一次次重複剎那的光輝與消逝，不斷燃燒著。

與其濺出火星、迅速燃燒殆盡，我寧願它不要濺出火星，長長久久地燃燒下去——我這麼想著。

我突然望向冬月。

被微弱的光線照亮的冬月側臉上，洋溢著開心的笑容。

看到那個笑容，我意識到自己錯了。

如果能夠劈啪作響地閃耀、照亮他人，那就是再美好不過的事。

我希望她能全力以赴閃耀到底，持續綻放光輝。

我在心愛的人身旁如此心想。

燃燒吧，燃燒吧。

不要熄掉，不要熄掉。

我將這個小小的盼望，寄託在仙女棒上。

就在這時。

一根仙女棒熄掉了。

還在劈啪作響燃燒的仙女棒只剩一根。

「啊，是我的先熄掉了。」

聽到我這麼說，冬月就「呵呵」一聲笑了出來。

「騙同學真會說善意的謊言呢。」

她如此笑道，彷彿看到了仍在我手中燃燒的仙女棒。

被看穿了有點不好意思。

對了——我突然想到。

「反正還有仙女棒，我們再來玩一次吧。」

「這次可不許說謊喔。」

「那就貼過來一點。」

我這麼說著，點燃兩根仙女棒。

劈啪作響的火星飛濺四散，棒頭出現膨脹的亮紅色小點。

然後，我將我的仙女棒貼近冬月的仙女棒。

兩根仙女棒的前端宛如吸附著彼此般融為一體，燃燒處變得更大。

仙女棒劈啪作響，濺出更大的火星。

「驅同學，你在做什麼呀？」

冬月好奇地問我。

「我想說如果把仙女棒靠在一起，能不能燒得更久。」

冬月哈哈哈笑了出來。

「那樣的話，就不算是比賽了吧。」

「是這樣說沒錯啦。」

我一邊盯著變大的仙女棒燃燒處一邊持續默默祈禱不要熄。

「不過，我還是希望它能燒得更久。多一秒也好，希望能一直燒下去。」

當我望向冬月的側臉，發現她的眼睛似乎溼了。

然後，冬月把頭靠在我的肩膀上，撒嬌地說：

「如果我先死了，你會怎麼辦？」

「別說那種話啦。」

「只是問個假設性的問題嘛。」

我無法想像沒有冬月的人生。

冬月在我內心的存在，就是如此地深。

所以——

「我會撐不下去喔。嗯。如果要死，我希望能一起死。」

「我就知道你會這麼說。」

「這種想法會太沉重嗎？」

「不算沉重，可是我聽了也不會開心。畢竟我希望自己喜歡的人能長命百歲。」

話題好像越談越負面了。

死亡彷彿仍然糾纏著我們兩人。

所以——

所以，我想要談談未來。

突然間，那張被風吹走、在空中飛舞的書籤突然閃過我的腦海。

「黃色書籤。」

「黃色書籤——是指我的書籤嗎？」

「就是那個。除了寫在書籤上的那些，妳還有沒有想在未來做的事？」

聽到我這麼問，冬月頓了一下否定：

「沒有。」

「妳的聲音聽起來好像有耶。」

「不要覺得我的想法太沉重喔？」

「越沉重的我越歡迎。」

「別笑我喔。」

「不會笑妳。」

聽到我說到這個地步，冬月就像是下定決心似的一件一件說了出來。

冬月所說的，是深藏在她心中的夢幻願望。

「雖然這樣說很老套，我想穿上婚紗。」

「嗯。」

「也想去蜜月旅行。」

「想去哪裡？」

「哪裡都好。最好是天氣暖和、氣氛悠閒的地方。」

「我知道了。」

「我想要孩子，就算只有一個也好。」

「嗯。」

「我想讓那個孩子穿我在七五三節時穿過的和服。」

「嗯。」

「等到那孩子上小學之後，我想出席家長觀摩日。可是不知道眼睛看不見是不是就沒辦法參加。」

「那個交給我來想辦法。」

「我想要全家一起去旅行很多次。」

「包在我身上。」

「到了成人式時，我想幫她穿上振袖和服。」

「我會去學怎麼穿。」

「還有不只是服務家庭喔。我偶爾也想和你單獨去約會。」

「了解。」

「我還要參加孩子的婚禮。要她唸給媽媽的信，讓我大哭一場。」

「我可能也會哭吧。」

說到這裡，冬月一邊說著：「好害羞喔～」一邊用頭磨蹭我。

「妳想做的事很多嘛。」

「是啊，真的很多。」

我放心了。

知道冬月懷抱這麼多希望的時候，我也沉浸在希望之中。

「那就得活下去了。」

「是啊。要活得長長久久，就這樣約好了。」

兩人份的仙女棒燒得比單獨一根還要久一點，仍舊早就熄掉了。可是在我們心中，已經確實地燃起了一道火苗。

「熄掉了嗎？」

「熄掉了喔。」

「那麼今天就解散吧？」

冬月似乎有些依依不捨。

我將某個東西遞給捨不得就這樣結束的冬月。

「這是什麼？」

冬月似乎在用指尖感受著小型錄音機的觸感。

「是《安妮日記》。我把我朗讀的內容錄下來了。」

「整本都錄了嗎？」

「多虧那本書，我的嗓子都啞了。」

「咦～！真的全部都錄了？」

謝謝——冬月笑著摟住我的手臂。

「我會送花到北海道的病房。」

「你要送我花嗎？」

冬月羞紅著臉開心地說。

「文殊蘭——妳知道那種花的花語嗎？」

「是『我相信你』嗎？」

「妳知道呀？」

「因為病房一直都有擺嘛。」

「那另一個含意呢？」

「還有其他花語嗎？」

我仰望夜空，同時說出另一個花語。

「前往遠方。」

「前往遠方？」

冬月反問的時候，我握住了她的手。

「我相信即將前往遠方的妳。」

我將花語投射到會在遠方與病魔對抗的冬月身上。

「妳要醫好身體喔。我相信前往遠方的冬月。」

這麼說完，冬月就用帶著哽咽的聲音喊了我的名字。

「驅同學。」

「什麼事？」

「能夠喜歡上你，真是太好了。」

這麼說著，冬月將臉湊向我的肩膀。

冬月和我的唇自然而然地貼在一起。

興奮之情瞬間加劇胸口的悸動。
要是能像仙女棒一樣，我們兩人能從雙脣融為一體，那麼該有多好。
那段時間一定不到十秒吧。
可是無論是一分鐘還是一小時，我都感受到了許久的幸福。
當脣瓣分開，冬月以摸索的動作抱緊了我。
「我會再努力一下。」
她如此緩緩地說。

在那之後。
冬月的癌症又復發了很多次，每次她都勇敢地挺身對抗。
然後，病魔從我的手中奪走了冬月的生命。

11.
早瀬優子
© raemz

§

今天又在公司過夜了。我趴在公司的桌子上，從清晨四點睡到七點。

不知道是一直忙到出發前的最後一刻才整理好給另一個客戶的報告，又或者單純是睡眠不足，傍晚為客戶進行簡報時，我竟然說錯了客戶的名字。

現場的氣氛瞬間凍結，不過客戶公司的部長只是露出苦笑說：「沒關係啦。」把事情輕輕帶過。

他八成是看我還年輕才會如此寬容。我一方面感到羞愧，另一方面又對因此鬆一口氣的自己感到可悲，差點要哭出來。

離開客戶公司後，上司露出一副無奈的表情嘆著氣說：

「早瀨，今天妳可以先回家了。」

「可是我回公司後還得整理另一家公司的報告。」

「那個明天再做就行了。今天有煙火大會，電車可能會很擠。」

上司輕描淡寫地要我早點回家睡覺。

難道他要我擱置那麼大量的工作，明天再熬夜加班嗎？

要是可以，我今天還想繼續工作，然後今明兩天都在末班車離開之前回家。只會分派工作的上司根本不了解我的工作量。

看到總是早早回家的上司氣色那麼好，就不由得讓人感到火大。

「我還有工作要做，先回公司了。」

「如果連客戶的名字都會弄錯，妳這種狀況就不行。這是上司的命令。」

被他這麼一說，我完全無法反駁。

當我還愣在那裡時，上司說：「我在汐留還有應酬。」隨即招手攔了輛計程車。

大學四年級的夏天，我拿到一家行銷企畫公司的內定。

我似乎很擅長求職面試。除了那家公司之外，我還拿到了某製造商和某ＩＴ公司等幾個工作的內定。當時對光鮮亮麗的行業抱有一些憧憬的我，選擇了現在這家公司。

就職後工作了四年，但是我幾乎不記得這四年裡發生的事。

假如要說有什麼記憶，那就是總是待在公司裡。

半數以上的同期同事都辭職了。離職的同事都異口同聲表示，這裡的工作量不合理，讓人不知道為什麼而工作，或是還不如死了算了。

比我早幾年進公司的前輩看開地說：「等到不知道是為了生活而工作，還是為了工作而生活，那就算是社會人士了。」

我也漸漸不明白自己為了什麼而工作。

剛就職不久的時候，我忙於學習工作上的事，雖然時常遇到難關，全心投入某件事物還是能讓我在精神上感到滿足。

有人需要我時，我就會全力以赴地工作。

我覺得這或許就是我的天性。

最近則沒有成就感，只有時間不夠用的空虛感。

可是我的工作會接觸到客戶，客戶有他們的家庭，有他們的小孩。

包含促銷活動在內的行銷企畫會在相當大的程度上左右客戶的業績。

就是因為我在就職後深刻體會到這點，所以才怎麼樣也無法辭職或偷懶。

如今媽媽開始告誡總是很晚回家的我：「這麼努力工作又有什麼意義呢？」

我明白她為什麼會那麼說。

我也不知道自己為什麼要這麼努力工作。

然而我沒辦法隨隨便便辭掉工作，也沒辦法減少工作量。

很明顯的，就算我減少工作量，也只是把工作轉嫁給其他人。

一想到這點，我就不由得感到很煩躁，最後終於在去年丟下一句：「我的事由我自己決定。」搬出了家。我知道媽媽只是在擔心我。

我租的屋子只是深夜用來睡覺的地方。冰箱空空如也，只是每個星期用來洗一次衣服的單人公寓。

那是一間空洞屋子，很像我這種幾乎將自己的全部奉獻給公司的人。

我不禁想著為什麼呢？我這麼努力工作，到底是為了什麼呢？

「好想睡。」

明天的我會想辦法。我停止思考，決定今天就先回家睡覺。

不管怎麼樣，我就是很想睡。雙腿失去了力氣，身上已經開始冒出冷汗。

淺草被前往隅田川上游的人群擠得水洩不通。

我逆著人潮向淺草站走去。

就在我腳步不穩的時候。

我不小心撞上某個人的肩膀。

「對不起。」

我立刻道歉，對方對我咂嘴一聲。

「發什麼呆啊。妳的眼睛看不見嗎？」

對方丟下這句話就走了。

聽到那句話，不知為何我忽然喚起大學時代的記憶，想起一位好朋友的事。

冬月小春。

小春的眼睛看不見。

即使看不見東西，她也不會對自己的人生感到悲觀。她上了大學，甚至交了男朋友，挺身挑戰任何自己想要做的事。

「如果是小春，她會怎麼做呢？」

我是在開學典禮上遇見小春的。

在濱松町的活動大廳裡，我處在大約五百名新生之中。由於這是我生平第一次穿上套裝，感覺就像突然站在成為大人的入口，讓我緊張不已。

穿不慣的高跟鞋擠得我的腳尖隱隱作痛。就在我暗自厭惡起套裝的時候，我注意到旁邊座位上的小春穿著宛如偶像明星才會穿的洋裝。

我在心中羨慕她，但是又很不想在眾人之中顯得格格不入。

開學典禮結束，大家準備散場，小春卻靜靜地坐在位子上沒有起身。

我試著向她搭話，卻遭到她的無視。正當我心想這傢伙怎麼不理人的時候，小春拿起靠在椅子上的白手杖緩緩站起身。

「妳該不會看不見東西吧？」我用這樣的語氣問她。

小春輕快地回答：「啊，是的。」我一邊介紹自己是讀同一個科系的早瀨，一邊陪伴她走出活動大廳。

我不記得當時是怎麼聊起來的，總之我說出「這件洋裝很適合妳呢」這句話。我想那不僅僅是單純的讚美，而是包含「妳能不在乎別人的眼光，真讓人羨慕呢」這類想法在內，帶著種種情感的話。

對此小春說：

「雖然媽媽說大家都會穿套裝，要我也穿套裝，畢竟是難得的露臉場合，我就穿了自己喜歡的衣服。我看不見自己的樣子，這套衣服適合我嗎？」

這麼說著，她害羞地笑了笑，原地轉了一圈。

看著那樣的小春，我感到全身上下都受到一股衝擊，不禁喃喃表示：「好帥啊。」

現在回想起來，我在人生中常常因為缺乏自信而選擇放棄。

課堂上從不舉手，無論是運動會決定出場項目，還是班上討論校慶要辦什麼時，我從不主動發言。儘管我對學生會感興趣，總覺得自己沒那個資格，所以一直沒有參選。再想一想，我也一直沒有勇氣改短裙子。

開學典禮後，我下定決心染了頭髮。

與其說是下定決心，不如說是因為感到羞恥。我竟然對一個眼睛看不見的人產生「羨慕她看不見」這種沒禮貌的念頭，讓我無地自容地厭惡起自己。

我也想變得像這個人一樣帥氣。

我開始研究化妝，打算把自己打扮得漂漂亮亮。對我來說，那是一種武裝。

我想先從武裝自己，假裝自己很有自信開始做起。

我想更了解小春。還看到了招募學生嚮導的公告。

越是了解小春，我就越覺得她是個很帥氣的人。

那應該是近似憧憬的情感吧。

她是我的好朋友，也是我憧憬的對象。

如果是小春，她會怎麼做呢？

即使身處於絕望之中，依然能掛著笑容的她會怎麼做呢？

她一定會遵從自己內心的聲音前進吧。

比起花時間垂頭喪氣，她一定寧願選擇笑著面對前方吧。

我無法想像小春的笑容從她臉上消失的樣子。

「我最近只有在自嘲的時候才會笑呢。」

我乾笑一聲。這也是種自嘲式的笑。

「畢竟總不能被工作害死吧。」

我想要像小春那樣笑。

想要過一段足以留存在他人心中的人生。

還來得及嗎？

這麼想著的我，已經在撥打電話。

電話響兩聲後，對方接了起來。是那熟悉又溫柔的聲音。

「媽媽。」

「怎麼了？」

一聽到媽媽的聲音，我差點就把想說的話嚥回去。

可是，如果今天不說，我覺得可能永遠都說不出口。

「對不起。突然這麼說可能不太好，可是我打算辭職了。繼續待在這裡太浪費房租，我能回家住嗎？」

我知道這個要求很過分。

明明自己當初堅持己見，從家裡搬出去。我已經作好被罵的準備。

我一邊說著，手心開始冒汗。

然而媽媽發出「哎呀～」的一聲，反應出乎意料地友善。

「有能幫忙做家事的人回來真是太好了～妳聽我說喔，妳爸爸那個人根本都不肯幫忙做家事。」

媽媽這麼說著，開始抱怨起爸爸。

不知道是因為放下心中的大石，還是終於下定決心要辭職，我的眼眶開始變得熱熱的。

「欸，妳在聽嗎？」

媽媽溫柔的聲音在耳邊響起。

我站在擠滿煙火大會觀眾的道路正中央，忍不住要哭出來。

此時，隅田川上空炸開了一顆巨大的煙火。

「砰、砰」——一發又一發的煙火升上天空。

國中和高中時，我展現不出「自己的風格」。大學遇到小春後，我終於鼓起勇氣挑戰事物，開始做自己想做的事。然而成為社會人士後，我自己又把這一切蓋了回去。

志工、校慶執行委員以及兒童煙火節企畫，自由自在的大學回憶一一在腦海裡浮現。當時閃閃發光的情感，重新在我的胸中甦醒。

「媽媽，抱歉，這邊開始放煙火了，我之後再打給妳。」

我掛斷電話後調轉腳步，隨著人流前往煙火會場。

睡意神奇地消失得無影無蹤。

接下來要做什麼工作呢？開間公司也許不錯。

我想要做更多幫助人們的工作。

我一邊思考著這種事。

「砰、砰」——煙火撼動了我的內心深處。

想做的事情接連不斷地湧上心頭。

「真讓人期待呢！」

我感到自己露出睽違許久的由衷笑容。

煙火在夜空之中璀璨綻放。

12.
鳴海潮
© raemz

與奔馳於透明之夜的你，
談一場看不見的戀愛。

出發時間已到，我長鳴三聲汽笛，將渡輪「響」開出港口。

雖說現在是傍晚時分，太陽依然高掛天空，從船長室可以看見一片青翠的海平面。

在大學取得三等航海士證照的我任職於學校裡被稱作「輸家組」的國內渡輪公司。我當航海士累積了十幾年的職業經驗，到了四十歲左右時成為船長負責一條航線。

同樣當上航海士的大學同袍們都已經成為國際貨運航線的船長，航行於世界各大洋。那些「明星組」的朋友們的收入是我的三倍以上，每次見面都會談論某個海溝很窄，或是某個海域還有海盜出沒之類，對我來說很陌生的海洋話題。而我最多只能提供山口與九州之間的關門海峽會因為潮汐的漲落而導致水流方向逆轉這樣的地方性資訊，所以大部分時候我都只能保持沉默。

雖然我們畢業的航海系每年都招收四十名學生，會根據前兩年的成績將學生分為乘船實習課程二十人和航海工程學課程二十人。而且只有在乘船實習課程中才能取得航海士證照，所以即使抱著成為航海士的夢想入學，也有許多學生因為成績不佳而無法如願以償。因此，比起其他學系，我的朋友之中認真聽課的人很多。

在這群人之中，我的成績名列前茅。

所有人都以為我將來一定會進入知名的貿易公司，大家都是這麼看我的吧。

當他們知曉我在渡輪公司，而且還是地方企業就職時，那些同系的同學都感到很驚訝，有人還嘲笑我找工作失敗。當我仔細解釋是自己的選擇時，周圍的人便更加困惑了。他們紛紛勸說「有高額薪水可領耶」、「可以在海外盡情地玩耶」，然而我只是笑著應付過去。

我有一位患有唐氏症的哥哥。我夢想成為航海士，原本也是為了在經濟上支撐家庭。

然而一旦真正面臨就業活動時，我意識到航海士的工作不適合照顧哥哥。

這種工作的時間非常長。只要登上承擔國際物流的國際貨輪，會有半年到一年的時間無法回到日本。為此我意識到，如果哥哥出了什麼事，我沒辦法立刻作出處置。

如果是國內的渡輪公司，萬一有什麼情況，我就可以立刻趕到。這就是我選擇在渡輪公司工作的原因。

那通電話是在出港前不久打來的。

哥哥在照護機構倒下了。

現在父母在他身邊，但是他陷入了恐慌，不停地呼喚著「阿潮」這個名字。

我剛就職的時候，我向家人解釋說：「傍晚出航，隔天早上就能結束工作，應該挺輕鬆的。」然而我低估了情況。

與奔馳於透明之夜的你，談一場看不見的戀愛。

船在瀨戶內海以二十節的速度前進。過去我總能從這種慢速中感受到一股浪漫之情，但是現在這樣的速度只會讓我焦躁不已。以往海洋的壯闊會讓我內心澎湃，現在卻只有迫切想抵達目的地的心情。

手機在海上很難收到訊號，我無法得知哥哥的狀況。

他沒事吧？他沒事吧？哥哥，再等我一下。

握著舵輪的手滲出汗珠，我現在就想立刻回頭直奔哥哥那裡。甚至心生從甲板上跳進海裡，游回泉大津港的愚蠢念頭。

小學時，我很討厭哥哥。

和我就讀同一所小學的哥哥，上的是一個名為閃亮班的特殊教育班。

某天哥哥在走廊裡一邊大聲尖叫一邊跑來跑去。這件事被同學嘲笑時，我跟那些人打了一架。因為哥哥而遭人取笑，讓我感到非常丟臉。

可是家裡的氣氛不允許我覺得丟臉，我討厭那樣的氣氛。

家人強迫我接受哥哥有障礙的事實，要求我和他一起上下學。儘管我沒有說出口，身為小學生的我感到很不公平。

但是，但是呢——

只有在住附近的爺爺面前，我才能說出對哥哥的不滿。

那對我來說，或許是莫大的安慰。

升上國中之後周圍的人也變得成熟，不再有人嘲笑哥哥，可是我感覺到了某種隔閡。我加入了棒球隊，當隊友們即使感冒也無法缺席社團活動時，只有我因為「嗚海家有特殊情況」而受到特別對待，因此得以缺席。然而我很希望隊友能對我說出「這跟社團有什麼關係」之類的話。

漸漸地，我也不好意思去參加練習，最終以哥哥為理由退出了棒球隊。我的人生到底算什麼呢？難道我得一直過著被哥哥影響的生活嗎？就在那樣的負面思想控制了我的心時——

爺爺過世了。

在守靈時，在葬禮上，我一直在哭。

我只能哭。

可是哥哥不一樣。

出殯時，哥哥對著棺材大喊：

『謝謝你。謝謝你一直照顧阿潮。』

此時我終於意識到，哥哥其實一直看著我。

我第一次了解到哥哥的心情。

我只顧著自己，從來沒有想過哥哥的感受。

在那個時候，我下定了某個決心。

與奔馳於透明之夜的你，談一場看不見的戀愛。

當船離開泉大津港，經過神戶的時候。
我心急如焚。然而不論怎麼著急，也要等到隔天早上六點才能上岸。
真是糟透了。
就在我在駕駛室裡垂頭喪氣的時候。
我突然聽到一個小小的「砰」的聲音。
遠方綻放著五彩繽紛的煙火。
『煙火真是美好呢。』
突然間，我回想起大學時代的朋友。
那是和我共度四年大學生活的好友女朋友。
冬月小春。
冬月的眼睛看不見。儘管失去視力、身患疾病，她看起來依然像在享受人生。我曾經和那樣的冬月，和朋友，和早瀨一起放過煙火。
我記得她回答過為什麼看不見還喜歡煙火的問題。
『我認為煙火是會烙印在心裡的東西。
即使在垂頭喪氣的時候，只要回想起抬頭看煙火的記憶，感覺就可以繼續努力下去。

我也好想過一段足以留存他人心中的人生。』

突然間，我的腦中閃過冬月的笑容。

「是啊。我也得抬起頭才行呢。」

當我這麼說出口時，不安頓時消失無蹤。

我冷靜了下來，知道自己應該做什麼。

擦去淚水之後，我拿起船內的廣播麥克風。

「各位乘客，不好意思打擾大家了。今天在神戶港有一場煙火大會……」

「砰」的一聲，夜空中綻放出一朵燦爛的煙火，然後消失了。

煙火就像與神戶的夜景融為一體，紅色、藍色、黃色，還有橘色——閃亮的光輝將整個城市染成煙火的色彩。

那天看到的煙火，數量沒有這麼多。

可是沒有哪場煙火，比那天的景象更能深深烙印在我心中。

現在已經沒辦法經常與當時的朋友們見面了。

早瀨成立了一個非營利組織，似乎在世界各地飛來飛去。

至於空野……不知道那傢伙還好嗎？

最後一次見到空野的時候，他正處於失意之中。

與奔馳於透明之夜的你，
談一場看不見的戀愛。

那是冬月葬禮上發生的事。
我知道他沒有自暴自棄，只是故作堅強。
不知道他在那之後有沒有重新振作起來。
我相信他一定會沒事，下次打個電話給他吧。
流經那家伙老家的關門海峽。
就跟他聊聊這個海峽的水流有多麼湍急吧。
我望著遠處燦爛的煙火，心中如此想著。

13.
空野驅
© raemz

◎

醫生背著雙手站在床邊。

窗邊擺著一瓶花。粗壯的莖幹直直地伸展而出，末端綻放著數朵白花。

我心中想著，那些花簡直就像綻放於夜空中的煙火。每當白色的窗簾輕輕搖曳時，就飄來一陣甜美的香氣。

醫生再次開口。

我原本以為自己早已做好心理準備。

然而我只能發出帶著哽咽的聲音。

「已經夠了。我還是放棄吧。」

「請不要放棄，空野先生。」

醫生激勵著我。

小春過世後不久，我就被診斷出大腸癌。

當發現殺死小春的敵人出現在自己體內時，我曾經滿懷信心想著一定要戰勝它。

可是治療沒有效果，癌細胞轉移到了肝臟，接著是肺。現在似乎已經到了被稱為第四期——癌症末期的階段。自從被診斷得了癌症以來，我的每一天都充滿了劇烈的變化。

說實話，我已經累了。

反覆進行的手術，以及藥物的強烈副作用。

隨著不斷重複進行痛苦的治療，我的精神逐漸跟不上了。

如今我已經打算放棄治療。

到了晚上，捧著花的咲良走進病房。

「爸爸，你那是什麼死氣沉沉的樣子啊。會被在天堂的媽媽罵喔。」

空野咲良——現年二十五歲，是我和小春所生的獨生女。

小春從大學一年級開始就持續與病魔對抗。歷經兩年的努力，她終於康復到可以出院的地步。

對於被宣告只有半年壽命的小春來說，這無疑是奇蹟般的康復。

雖然她因病休學，克服疾病之後她重返大學，成功畢業。

然後她和我結婚，我們之間有了孩子。

小春絕對不會放棄。

然而當小春四十五歲的時候。

她被診斷出乳癌。

雖然她再次展開與病魔纏鬥的生活，在三年前拋下我和女兒撒手人寰。

小春突然失去力氣時，脈搏停止時，醫生宣告死亡時，可能是我的神經太過緊繃，比起對她的死亡感到悲傷，我感到更多的是「啊啊，她不在了」這種讓我喪失力氣的恍然，一直沒有小春已經死去的實際感受。

到了葬禮那天堅持要親手為愛女化妝的岳母，因為手抖得太厲害畫不好妝而崩潰大哭時，我或許才終於面對小春的死亡，當場跟著崩潰大哭。

體會再也見不到她的喪失感，我不顧旁人的目光放聲哭泣。

即使到了現在，一想到她已經不在身邊，眼淚還是會不自覺地流下來。

對我來說，失去小春就是如此無法承受的打擊。

要是我死了，不知道會不會再次給咲良帶來沉痛的悲傷呢？

「對了、對了，話說回來，我在媽媽的衣櫥裡找到這個。」

那是一臺老舊的錄音機。

從咲良手中接過錄音機後，咲良說：「我去幫花瓶換花。」便離開了病房。

等到咲良走後，我趕緊戴上耳機。

按下破舊錄音機的播放鍵，聲音順利地播放出來。

剛開始，是我自己朗誦《安妮日記》的聲音。
老實說，我的旁白能力有夠差勁，根本讓人聽不下去。
我不禁想著，真虧自己的妻子能聽這樣的朗誦那麼多年。
就在這時——
『給阿驅——』
小春的聲音響起。
我急忙倒帶，從頭開始聽起。

『給阿驅——
首先，請原諒我先你而去。
對不起，這次可能很難撐過去了。
很抱歉這麼早就離開，可是請你不要太過悲傷喔。
在我死後，你應該哭了吧。
也是啦。你可能會哭到葬禮那時候吧。
可是，在與我好好地告別之後，就不用再哭了。
真的完全不用哭喔。
因為我沒有任何想哭的回憶。

我還比較想請你稱讚我竟然活了那麼久。
那個大學一年級的夏天，要是沒有驅同學，我的生命大概在那時就結束了。
從那之後，我活了很長一段時間。
我穿上了婚紗。
還去了蜜月旅行。
不只有蜜月旅行，阿驅還帶我們一家人去了很多地方。
當然不只那樣，你給了我許多快樂的回憶。
阿驅是個好爸爸，也是個好戀人。

我感到最幸福的是，你給了我咲良。
我從沒想過，身體變成這樣之後還能成為母親。
謝謝你。我真的很感激能遇到你。
我讓咲良穿上我七五三節時穿的和服。
而且我還沒想到，你竟然帶著看不見的我出席家長觀摩日。
我讓咲良穿上冬月家引以為傲的振袖和服。
我從沒想過，自己能做那麼多「當媽媽」的事。
謝謝你。

我還參加了咲良的婚禮。
我和阿驅在婚禮上都哭了呢。

阿驅，
你該不會以為我有什麼遺憾吧？
如果說丟下阿驅和咲良離開這個世界算是遺憾，那確實是個遺憾。
但是，十九歲的那個夏天。
那時候我已經死了。
想到這點，我還有什麼好遺憾的呢？
自從我向死纏爛打的阿驅投降，決定不再放棄你的那天起。
自從決定不放棄人生的那一天起。
每天都快樂得不得了。
每一個瞬間，都像煙火一樣深深烙印在我的心中。

啊啊，我好幸福。我的人生好幸福呢！
謝謝你，阿驅。
感謝你與我相遇。感謝你選擇了我。

阿驅，

我不在之後，你還好嗎？

當你往後感到沮喪時，請你回想起我們一起欣賞的煙火。

我就是這樣撐過來的。

我把阿驅給我看的煙火放在心中，一直奮鬥下去。

我或許會停下腳步，可是我相信即將前往遠方的你。

我去北海道的醫院時，你對我說過「我相信妳」吧？

現在就由我重新說一次。

我相信即將前往遠方的阿驅。

我相信阿驅會抬頭挺胸，向前邁進。

請你——

請你一定要笑著活下去。』

錄音機裡沒有其他的話了。

錄下的內容沒有絲毫哽咽的聲音，充滿了正面積極的愉快情緒。我想起媽媽曾經說過

「養過孩子會讓人變得堅強」。

當我就像在收集心愛之人殘留的痕跡般緊緊抱住錄音機時，病房的滑門響起嘎啦嘎啦的聲音。

「唔哇，爸爸，你怎麼哭了啊？」

「哈哈，抱歉、抱歉。」

「新的花很香喔。」

咲良將花瓶放在窗邊，整理著花朵。

「妳知道這種花的花語嗎？」

「文殊蘭的花語？」

咲良搖了搖頭。

我開口說出文殊蘭的花語。

「我相信即將前往遠方的你。」

「相信？」

「是的。小春仍然留存在我心中，也留存在咲良心中。她往後一定也會繼續對我們說這句話。」

一想到這裡，我就感覺自己能夠重新向前邁進了。

「咦？爸爸，你在笑嗎？」

被咲良這麼一說，我才意識到自己正在笑。

「畢竟有句話是笑容能趕跑癌症嘛。」

有個人要我抬起頭繼續前進。

冬月小春。

小春的眼睛看不見，還飽受重病折磨。

即使如此，她也從未放棄人生。

她總是笑容滿面，是個光輝耀眼的存在。

我能夠變得像她那樣嗎？

我也能夠成為聯繫他人的那種人嗎？

「啊，有煙火。」

咲良指著外面說。

「爸爸，有人在放煙火耶。」

窗外，夜空中開著白色的盛大煙火。

「砰」——聲響在亮光出現之後才傳過來。

看著那種光芒，我想起大學時代放的兒童煙火。

「咲良。」

「嗯？」

「可以去叫醫生過來嗎？我有些治療方面的事情想諮詢。」

煙火還在持續施放。

它閃耀著、綻放著，烙印在他人心中。

我能變得像那樣的煙火嗎？

閉上眼睛，小春的笑臉浮現在我的腦海中。

我才該說，能遇見小春真是太好了。

後記

本作能夠來到各位讀者的手中，得歸功於許多人的幫助。

以細膩的人物形象繪製插圖的raemz老師，提供巨大幫助的責任編輯中村，在百忙之中提供感想的資深前輩與書店員工，協助我進行取材的東京海洋大學相關人士，從設計師到業務人員，印刷製本相關人員以及書籍流通相關的各位人士，還有將書本陳列到架上讓讀者看到的書店員工與銷售人員。一想到正是有這麼多人的協助，本作才得以送到各位手中，我就滿懷深厚的感激之情，真的很謝謝你們。

我心中有一本難忘的小說，一直夢想著能夠寫出那樣的作品。偶爾想起書中的角色時，會情不自禁地一笑；遭遇難關時，能從中獲得勇氣。彷彿比摯友還要親近的存在，在內心深處持續活著。我一直希望能寫出這種能在人們心中留下深刻印象的小說。

但願對於現在拿著本作的您，它能成為那樣的一本小說。

志馬なにがし

引用文獻：
《安妮日記》Anne Frank
日文翻譯版：《安妮日記　完全版》深町真理子譯（文藝春秋）
中文翻譯版：《安妮日記【75週年紀念最終增訂版】》呂玉嬋譯（皇冠出版）

參考文獻：
《不用眼睛，才會看見的世界：脫離思考與感知的理所當然，重新發現自己、他人和世界的多樣性》伊藤亞紗著（仲間出版）
《視覚障害者へのサポート　ガイドヘルパーのための53のQ＆A》谷合侑著（22世紀アート）
《いっしょに走ろう》道下美里著（芸術新聞社）
《目の見えない私が「真っ白な世界」で見つけたこと　全盲の世界を超ポジティブに生きる》淺井純子著（KADOKAWA）

取材協助：
國立大學法人　東京海洋大學

莫斯科2160 1 待續

Kadokawa Fantastic Novels

作者：蝸牛くも　插畫：神奈月昇

《GOBLIN SLAYER! 哥布林殺手》作者蝸牛くも獻上美蘇冷戰從未結束的近未來賽博龐克！

西元二一六〇年，在美蘇冷戰從未宣告結束的近未來莫斯科。戰後回鄉的生化士兵四處遊蕩，隨時隨地受到監視的城市裡，政府組織、西方諸國間諜與黑幫私底下廝殺不斷。其中也有擔任「清理人」的肉身傭兵丹尼拉．庫拉金手拿衝鋒槍的身影！

NT$240/HK$80

背離冬日

作者：石川博品　插畫：syo5

Kadokawa Fantastic Novels

我們在永無止境的「冬天」世界裡，
依然墜入了愛河。

世界已經天翻地覆，九月下了雪，發現「冬天」將會持續到永久的人們日復一日愈來愈絕望。就讀高中的天城幸久在小鎮長大，他與同學真瀨美波正在交往，但是沒有同學知曉。面對惡劣的氣候兩人將何去何從……青春小說的最高峰！

NT$240/HK$80

國家圖書館出版品預行編目資料

與奔馳於透明之夜的你,談一場看不見的戀愛。/志馬なにがし作 ; 蔡曉天譯. -- 初版. -- 臺北市 : 臺灣角川股份有限公司, 2024.06

面 ; 公分. -- (Kadokawa fantastic novels)

譯自 : 透明な夜に駆ける君と、目に見えない恋をした。

ISBN 978-626-400-080-2(平裝)

861.57 113004994

Kadokawa
Fantastic
Novels

與奔馳於透明之夜的你，談一場看不見的戀愛。

（原著名：透明な夜に駆ける君と、目に見えない恋をした。）

2024年6月24日　初版第1刷發行

作　者：志馬なにがし
插　畫：raemz
譯　者：蔡曉天

發 行 人：台灣角川股份有限公司
總　監：呂慧君
總 編 輯：蔡佩芬
主　編：林秀儒
編　輯：彭曉凡
設計指導：陳晞叡
美術設計：周欣妮
印　務：李明修（主任）、張加恩（主任）、張凱棋、潘尚琪

發 行 所：台灣角川股份有限公司
地　址：104台北市中山區松江路223號3樓
電　話：（02）2515-3000
傳　真：（02）2515-0033
網　址：www.kadokawa.com.tw
劃撥帳戶：台灣角川股份有限公司
劃撥帳號：19487412
法律顧問：有澤法律事務所
製　版：巨茂科技印刷有限公司
ISBN：978-626-400-080-2